读客外国小说文库

熊猫君激发个人成长

一个心碎的
伊朗女人

［瑞典］龚娜姿·哈宣沙达·邦德 著
郭腾坚 译

上海文艺出版社

DET

VAR VI

Golnaz Hashemzadeh Bonde

献给诺尔·克里安德（Noor Koriander）

我妈说过:"如果你能用理解的眼光看待周遭的一切,你就能更理解我。"

——雅典娜·法罗哈德(Athena Farrokhzad),《白中之白》

我觉得自己总是与死神同在。这些陈腔滥调，也许所有快要死的人都这么说。但我还是想要相信，自己是特例——无论是在这个情境之下，还是在所有其他情境下。我可是真心这么觉得。马素德死时，我就是这么说的。我们所有的时间都是借来的。我们本来不该活得这么久。我们早该在革命时期就丧命了。我们早该在革命后的动乱、在战争中就丧命了。但我又多撑了三十年，超过我总年龄的一半。这样已经很多了，你应该对此心存感激，这个年数就等同于我女儿的岁数。是的，这是另一种衡量方式。我生了她，但她其实并不需要我活这么久。事实上，没有人需要父母活得这么久。

我们心里会这么想：我身为人父、人母，所以孩子们需要我。事情可不是这样的，生命总是会自己找到出路。又有谁能保证，我造成的负担比我解决的问题要少呢？我可不信。我觉得自己并不是那种善解人意、不为别人带来负担的人。我应该要成为这种人的，因为我是一个母亲，这是我的工作——善解人意，减轻他人的负担。而我从来就没有减轻过任何人的负担。

"你顶多只能再活半年。"那个该死的女巫说。

她说这句话时的口吻，仿佛在说明一件虽然无足轻重，但却相当不幸的事，就像幼儿园老师谈到雅兰不小心受伤的口吻。真是不幸。口吻中没什么罪恶感。她说话时并没有看着我，她盯着电脑的荧幕，好像是电脑荧幕在承受这个事实，仿佛遭到不幸的，是电脑荧幕。然后泪水开始从她的双颊滚落，她低头望着自己的膝盖。现在她反倒成了受害者了。她需要安慰。

我想大叫：闭嘴！你是谁，有权利告诉我我得死？你又是谁，我的生命和你有什么关系？你在哭什么？可是我没有大声吼叫，至少这次没有，我为自己感到惊讶。

"我要和你的主管谈谈。"我反而这么说。

她惊讶不已，也许觉得我的反应是错误的。她可能觉得我也应该哭才对。

"我知道这很难……很难接受。可是你不管跟谁谈,都无关紧要了。"她说,"X射线断层扫描、化验结果,一切都很明显了。你得了癌症,而且……病情已经到末期了。"

她安静下来,望着我。她等着我的脸部表情,想确认我已经理解,但我面不改色。所以她继续说:"这是癌症第四期。这意味着你的日子不多了。"

"闭嘴!"我开口了,"我是护士,我在医疗体系工作了二十五年。我知道你没权利对我说这种话。你不知道我还能活多久。你不是上帝!"

她坐在椅子上,身子向后退。我看出她被吓到了。她三十岁左右,头发绑成两条幼稚的辫子,活像老鼠的尾巴。书桌上有一张婴儿的照片。我摇了摇头。她对于自己知道什么以及不知道什么,简直一点概念都没有。

我们沉默地坐着;随后她用衣袖擦干泪水,走了出去。我像冻住了一样呆坐了一会儿后,才取来手提包,拿出手机。我应该打个电话,我应该打给我女儿,说:"嘿,你这让人倒霉的小乌鸦,现在妈妈也快死咯。"

去他的。我反而开始传短信给扎拉,但又将短信删除。我又能写些什么呢?嘿,我的朋友,这一仗已经打完了。我不能这么写。

我听见两个人的声音逐渐接近，是那个女医生和她的主管。她们在门口停下脚步，耳语着。我理解，在社区医院上班的她们，并不那么频繁与死神接触。她们在讨论该由谁进门，继续跟我谈谈。我理解，她们只想把这一天过完，给下一个病患看诊，不要落下进度。她们最不乐见的就是跟一个垂死的女人待在一块儿，承受她的垃圾情绪。我陷入沉思。我是否应该把东西收拾好，直接走人呢？放过她们，也饶过我自己呢？我抓起大衣，它是红色的；我将手伸向提包，它也是红色的；我低头望着自己腿上的长靴，它们也是红色的。我所在乎，或者说过去曾经在乎的这些东西，全都如此俗滥。我的双手开始颤抖，然后肩膀也开始颤抖。提包脱手，掉在地上。我开始不断地抽泣。我努力抑制自己。这时她们开门了，走了进来，望着我。我看出她们想要转身离开。我不想吓到她们，于是努力摆出微笑，但是我没能控制住这一切。她们对这一切毫无概念。在这个该死的国家里，他们好像知道很多事情；可是这一切竟没人理解——和痛苦、失落、抗争有关的这一切。我哭了起来，哭了又哭。一开始跟我谈话的那名医师也在哭。真是可怜，她居然相信有值得她痛哭的事物呢。

不管怎么说，那名比较年长的医生道了歉。她说她们不确定我还能再活多久，可能只剩几星期，可能还有几年。

"不过你将会死于癌症，"她说，"你最好能接受这个事实并告诉你的亲人，尤其是你的子女……"

我心想：还是你通知我的孩子吧。但我没把这番话说出口，因为她继续说：

"你知道，这是很困难的。诚实面对自己的孩子是一件难事。可是，他们有权利知道真相，这样他们才能做好准备。"

我疑惑地望着她。她不知道我有什么好疑惑的；不过我猜她理解，我只能用这种表情望着她。

"马素德，她的爸爸……刚去世。他才走不久。"我说。

她点点头。

"他突然间就走了。你不觉得这样比较好吗?对雅兰——我的女儿来说?这比跟死亡共处来得好,比等死来得好。假如我哪天突然死掉,不是比较好吗?"

"我不知道。"她说,她好像以为我真心想听她的回答,"可是,你会需要你的女儿。这没那么容易。"

她伸手取来一本小手册,一本讲述"如何准备死亡",或是类似主题的小手册。我摇摇头。

"我不想死!我要战斗。我想直接开始接受治疗!"

她犹豫着。

"是,我们会安排你转诊。不过这当中是有等候时间的。现在复活节快到了,之后还有一堆其他的假日。娜希,在你获得治疗以前,可能得等上一阵子。"

我坐在椅子上,身体前倾。

"可是你说我就快死了。如果我们无所作为,我就会死。这很紧急!"

她摇摇头。

"癌症不算急病。娜希,几个星期在癌症的发病过程中不算什么。"

"你这是什么意思?如果这件事不急,什么才算急事?"

"嗯,总之你得把自己的癌症视为长期慢性病。"

我扬起眉毛,凝视着她。

"慢性病？假如我快要死了，这怎么能算是慢性病？"

"我很遗憾。"

她趋身靠向门柱。她甚至没有踏进房间。她停在离我几米的地方，仿佛我就是感染源——癌症、死亡。

"我很遗憾。"

我站起身来。

"你不用遗憾，我还没死。"

我掏出口红，涂抹着嘴唇，表现出自己的坚强。我向外走，经过她的身边。她们在喊我，但我继续走。我加紧脚步，越走越快。这样一来我就不会转身，投入她的怀里，寻求慰藉，寻求温暖的承诺与安慰。

直到进了家门，我才察觉到，自己脸上已经满是睫毛膏，口红被抹得乱七八糟。我的样子看起来很恐怖，活像个女巫，像个稻草人、填充人偶，像个死人，一个不知道该怎么活着的人。

我还剩六个月可活，也许只剩几星期，也许还有几年。我没有洗脸，直接坐到沙发上。我只是呆坐在那里，双手贴在膝盖上，想着现在该怎么办——当你知道自己快死掉时，该做些什么。

地毯上那些装着文件的篮子堆放在那里已经达几个月，甚至几年之久。我心想：假如它们被放在显眼的位置，我就会亲手处理。也许我现在就该这么做。检查我的文件，旧的电话费账单、流水账表、个人所得税申报表，确保一切井然有序。可我突然想到：我从来就没有理由留下这些篮子。一切都可以被扔弃，你也只能把一切都扔掉。

这件事让雅兰以后再做就好了。

我拿起放在桌面上的纸笔，开始做笔记，然后想起，自己所有的笔记也都放在那些篮子里。我是否至少该把它们拿出来，然后扔掉？她要是读到这些笔记，会怎么想？她将会理解，我是多么孤独，多么生气。我本应该渴望保护她，可是我不想。随她去吧！让她感受到我的痛苦。我知道这样是错误的，我作为母亲的本性应该给我不同的信号。可是，它没能带来这样的效果。所以我也无能为力。

笔尖在纸上滑动。我想知道自己留下了什么。当我和马素德离婚的时候，他带走了一切，我什么都没得到。在那之后，我就开始收集一切，积攒、沉淀、重整旗鼓，建立安全感，建立未来。然后呢？没有未来了。我笑了出来，没有未来。想想看，要是人们当初知道这一点就好了。你花了这么多时间盘算、规划未来。突然间，它不存在了。谁会相信呢？

我当初要是知道这一点，是否会过不一样的生活？不再永无止境地工作而是猛刷信用卡，身后留下一大笔卡债？我不确定。也许吧。可能吧。我是说，这又有何不可？又有什么能阻止我呢？

我振笔疾书：我所居住的公寓房，银行保险柜里的金饰，那些被人怂恿买下的、该死的特利亚电信股份，定存账户里的钱，衣柜里那些备用的款项。我写了又写，然后把它们加起来。还真不少，这可是一大笔钱！

我在顷刻间想到：对一个像我这样的人来说，这是一大笔钱。不过，这是错的。很多在这个国家里出生、长大的人没有这个条件，也没有这种能力攒到这么一笔钱。他们过得太舒服，也太懒散。我所拥有的，他们并没有。他们什么都没留下。

这不仅对像我这样的人来说，是一大笔钱。这就是一大笔钱。这对雅兰来说是一大笔钱。如果她还不理解这一点，她可以拒绝这笔钱！她是个战乱中出生的孩子，她应该要心怀感激。我知道她会心怀感激的。这笔钱带给她的效益，其实远比带给我的效益来得大。跟我相比，她活下去、好好生活的可能性更大。这不只是因为我即将死去，而是我始终就没有好好生活的能力。我出生时所具备且在成长过程中养成的，是死里逃生的能力。我在成长中，培养了幸免于难的能力。这和好好生活相比是另一回事。我不知道自己的女儿有没有这种幸免于难的能力。也许吧，她几乎可以算是在一个受保护的空间里出生的。不过她的朋友们，那些在瑞典出生的人，就不是了。

我又想到那个医生，社区医院的那个医生和她的泪水。她有什么好哭的？

妈妈九岁时，就已经被嫁出去。这几个字是不能说出口的，我为此感到丢脸。如果我说出这几个字，我就好像在赞许它。所以我对此事只字不提。她当年九岁，而我爸二十七岁。当时这种事情并不罕见。虽然这种事稀松平常，但我不觉得对她有所宽慰。这无助于让她接受自己被迫离开双亲，和一个身体发育完全的陌生成年男子发生性关系的事实。

我不能生我爸的气，他只是做了一个男人会做的事。但每当我想到当年还是个小女孩的我妈，我心中被唤醒的母爱比我对自己亲生孩子感受到的母爱还要强烈。想到那个小女孩，我心想：要是我能救她，我也能救自己。如果我救得了她，我也救得了我的女儿。

我妈生下玛丽安的时候才十二岁，我的心为她俩淌血。一个抱着婴儿的十二岁小女孩。这个小婴儿最重要的依靠与保护者，竟然是个十二岁的小孩。

我真不知道她心里会怎么想。但我觉得，她已经什么都不愿想了。在那种情况下，这是唯一能做的。抱着婴儿的十二岁小女孩，她要怎么带大我们呢？

她很早就成了寡妇。我爸死时她才三十七岁，却已经生了七个小孩。他的消失实际上一点影响也没有。他长年卧病在床，他对她来说也许就只是另一个孩子。我不知道。她对他只字不提。在我们的结婚照片上，她站得笔直；她是新娘的妈妈，非常骄傲，却从不微笑。在她眼中，男人和婚姻是必要之恶。或者这甚至称不上必要，也许只是无法逃避的垃圾事。

我妈妈在革命期间遭受了多少苦难啊。人们总认为一个生了七个女儿的女人，精神上应该比较安宁，至少没有儿子要送上战场，也不用哀悼战死的儿子。不过我们生错了年代，或者说，我们属于错误的一类女人。我们在大街上奋战，她每晚都熬夜等待着，逡巡着，哭泣着。

几个星期、半年、好几年,这有什么差别吗?我不确定。时间的长度不一样,这我能理解。可是到了这个节骨眼上,时间还有什么差别呢?有了时间,我又能做什么?卧病在床,孤独度日,用来等死。如果你不用时间来打造未来,时间又有什么用?我不知道。我心想:这也许就是原因,这件事发生在我身上的原因,也许这就是癌症找上我的原因。因为我不知道该用时间做些什么。因为我不知道该用人生做些什么。

我承受不了再这样想下去。

我站起身来拿起电话,拨打了一个号码,我唯一能拨的号码。

"喂?"

她的身影出现在我面前。她沉沉地跌坐在电话旁边的板凳上，深深地叹了一口气后，才抓起话筒。她等着听到坏消息。她已经准备好了。

"嘿，妈。"我重重地吞了一口口水，想要压制从喉头涌上的情绪。

"娜希？是你吗，娜希？发生什么事了？一切都好吗？"

"一切都很好，非常好。我……我只是好想你。"

"这就是人生，娜希。这就是人生。"

片刻间，我俩都沉默不语。然后，她一如往常地说了起来。她聊到邻居们、西红柿的价格，以及自己的风湿病。我聆听着。这通对话和我们上星期的对话如出一辙，就像所有的对话一样。从任何方面来看，这通对话完全不受这一天影响。唯一的差别是，我用一个枕头压住自己的脸，想要掩盖住自己发出的声音。

"娜希，你还在吗？"

我知道我无法控制自己的声音，因此我挂断了电话。她将会以为通话的断线是因为信号太微弱；这么多年来，我们的许多通话就是因为通信质量不良而断线。我下次再打给她时，她将已经忘记这件事。

当我再次拾起话筒时，天色已经开始变得昏暗。我不知道自己是如何选择该打给谁的，以及我为什么打给扎拉。但我还是这么做了；这种感觉真好。能把话说出来，感觉真好；能听到另一个人的哭泣声，感觉真好。听到她难过不已，这种感觉真好。她将会想念我。听到这种反应的感觉真好。我沉默着，聆听着她的泪水。片刻后，我开始安慰她。

"没事的。"我说，"我这辈子也过得并不坏。"

我俩沉默不语，不知道这是不是真的，但我们对此都没说什么。我们只是聆听着彼此的沉默，而这就已经足够。

"你告诉雅兰了吗？"她问道。

我摇摇头。

"喂？"

"对不起。"我说,"我还没告诉她,我还没告诉她或其他任何人。"

她点点头。我听见她点点头。

"你希望我告诉她吗?"

我如释重负地叹了一口气。

"好的,好的。谢谢。你可以吗?"

"我不知道。"她回答。

你到底可以向别人提出多无理的要求呢?我想,什么要求都可以吧。此时此刻,我可以要求他们帮我所有的忙,任何事。

"如果你帮我的话,我会感激不尽的,请你帮我吧。"

我听到她再次哭了起来。但是她得解决,她得自己想办法解决。

"我会来找你。"她说。我们挂上电话。

然后,我脸朝上仰躺着,闭上双眼。几个星期、半年、好几年,而我现在只想闭上眼睛。

他们真的来了。我的朋友们全都来了。我仍然躺在沙发上,眼睛半闭半睁地望着他们。他们容许我这么做,他们没特别多说什么。他们坐着,用手托着下巴,有时候看看彼此,然后摇摇头。他们缓慢、近乎诡异地摇摇头。当一件伤心事比表面上看起来还要令人伤心,当一件伤心事足以代表所有伤心事的时候,你就会有这种反应。我知道他们在想什么。我们已经失去太多，已经失去这么多，为什么我们还要继续失去更多东西？为什么事情会变成这样，令我们还要继续失去？我赞同他们的想法。他们不敢正眼看我，所以他们没有看见我的表情；但我眼睛半睁半闭地躺着，也像他们一样，摇起头来，非常诡异地摇起头来，因为有一件伤心事足以代表所有伤心事。

是扎拉、蕾拉、安妮和费罗兹，他们全都在这里，他们在一小时内就到了。我还没来得及睁开眼睛，他们就已经全到了。我想到自己那些放在篮子里的笔记。它们反映出我的孤独。我心想，我该让他们看看这些笔记，问问："你们为什么现在才来？我以前就很孤独，你们为什么以前都不来找我？"可是我不知道原因。同时，我又想着：我真该把那一页页的笔记撕成碎片，因为我从来就不孤独。真的吗？我不知道。什么是孤独？是你独自一人时渴望陪伴玩耍的感觉，还是独自一人等待死亡的感觉呢？也许我根本不曾孤独过。

我听到他们开始窃窃私语。一开始我没听清楚他们在说什么，不过我很快就明白了。他们还没告诉雅兰。我真想起身，大吵大闹。我拜托了你们一件事情！就这么一件事情！可是我迫使自己闭嘴。我心里有数：我早已不是第一次拜托他们帮忙。我知道，我要求得已经太多了。

扎拉起身打电话，低声交谈。我听得出她并不是打给雅兰，不是的。她是在跟别人谈话。她正在拜托自己的孩子，将这件事情告诉我的女儿。我们全都是懦夫啊！我们这些革命主义者，一点胆魄都没有。也许你这辈子所能展现的胆魄是有限的。我们的勇气和毅力，恐怕早已留在那些曾被抗议人士占领、最终血流成河的街道上了。我很纳闷，最后将会由谁来告诉雅兰，我快要死了。我意识到自己对此一无所知，而且我甚至不想起身把这件事情弄清楚。

我常常站在窗边，向外望。我家窗外的风景很美，如诗如画。家里有新到的访客时，我都会指给他们看。

"看。"我这么说，仿佛他们可能没看见似的。

我住在第十三层楼，其中一面墙壁就是由窗户构成的。窗外可见一片蓝天。蓝天，永无止境、无远弗届的蓝天。下方则是一个湖泊，你可以望着它一路流过地平线。湖泊的周围则是森林。树丛相当浓密，景色四季如画。

对绝大多数人来说，这没有什么特别的。蓝天、湖泊、森林。我想为来我家里的访客说明，为什么这很特别。可是我却说不出口。我很想告诉他们：你知道我长大的时候，看见的是什么景象吗？当我小时候在街上走动、上学的时候，到处是沙子和石头，或者覆盖着沙子的石头。也许这种画面很难想象。金黄的沙粒盖住鞋子,也覆盖住屋子。妈妈每天必须好几次将沙子铲出门外。设想一下:来自沙中的我,和蓝天与湖水住在一起。我体内的元素仿佛发生了变化。这是很令人惊异的,所以我想要说出这种感觉。这是非比寻常的,同时,这也是可悲的。你的过去已经消失无踪,被某个其他的事物取代。

  但我什么话也没说;我知道这是为什么。我不希望他们以为我来自沙漠,以为我是沙漠的子民。他们已经这样认为了,而我拒绝继续在他们脑海里植入更多关于我的奇怪形象。我所谈到的是沙,不是沙漠。它们是不同的东西,但是人们不会理解的。

我有一项奇怪的特质：无法保持沉默。我通常知道自己何时应该保持沉默，不管怎么说，至少事后我通常知道自己当时应该保持沉默。可我就是忍不住说出自己的想法。生而为人，尤其作为一个母亲，这种事情是不该做的。当你的想法会伤害到别人时，你应该保持沉默，但我就是忍不住。

我一直独自承受痛苦，已经撑到了现在。雅兰应该分担我的伤痛。这种伤痛可以从一个女人传到另一个女人身上，但她却没有这么做。

在我收到自己快要死掉的通知四小时又四十五分钟以后，她才来到这里。我知道她直到现在才被通知，我知道她本来不知道这件事，但是我仍然感到恼火。是，这里还有其他人陪我，但那是另外一回事。他们很难过，他们将会想念我。可是，对我的女儿来说……她将永远无法从这件事中平复过来。我们一起承担。我要她和我一起承担。我已经决定了。

当她现身时,我仍然躺在沙发上,双眼半睁半闭。他们全都站起身来迎接她。我听出她的声音有点疲倦。我希望她尖叫着冲进来,又哭又叫,恐慌不已。但是她没有这么做。她走了进来,向我的这些女性友人打招呼,声音听起来很疲倦。我没有站起身来,我要让她自己过来。她慢条斯理,在玄关前待了一会儿,提了些问题,努力想弄懂这是怎么回事——我知道这就是她正在做的事情,可是感觉上却不是这样,感觉上她似乎待在那里闲聊,这让我很生气。我躺在这里,一切都毁了;而她过了四小时又四十五分钟以后才来,而且还没有直冲进来,反而站在外面。我感觉全身一阵紧绷,紧绷感顺着小腿、屁股、双手一路扩散到脸部。然后她走进来,坐在我身旁的地毯上。我一句话也没说,重重地闭上眼睛。

"嘿,妈妈。"她说。

"你没有妈妈。"我回答道,"你谁都没有,你没爸没妈。"

我听见她倒抽了一口气,房里其他所有人也倒吸一口冷气。我能听见自己所制造的痛苦,那种已经在空气中散播的痛苦。我听见伤痛。我女儿不是那种会大哭大叫的人,这一点我是知道的。所以我听见这种伤痛在她的身上蔓延,让她没法呼吸。一小段时间过去了,我觉得应该有几分钟。随后她起身离开,走进浴室,照料自己。她一向如此。

我已泪如泉涌,泪水顺着脸颊滴落下来,流到肩窝上。我的朋友们看到我在哭泣,就将我围住。她们握住我的手,轻轻拍了我的头。她们全都在我身边。而她独自一人,躲在远处。我真想请人把她叫来,可是我说不出口。我的脑海里有一个声音在说:"她得习惯。如果她还不习惯,从现在起她得开始习惯。"

雅兰为我读诗。她不常这么做，对此我感到惊讶。我以为她比较常为马素德读诗。她希望我能填补本来属于她爸爸的位置，但我做不到。我们待在沙发上，她坐了下来，盘起双腿。

"妈妈，你听着吧。我爸说，这块土地里没有埋葬过任何属于你的人。所以，这块土地不属于你。"

我目光空洞地望着她。

"你了解吗？"她问我，"'这块土地里没有埋葬过任何属于你的人。所以，这块土地不属于你。'而现在我们已经埋葬过爸爸了。"

她凝视着我的沉默，也跟着沉默下来，仿佛以为这样做有帮助。

"这是一个波斯女生写的。"

我想说：这真是荒谬。首先，土地并不是任何人的，这种话只是爱国主义的屁话。没有人拥有任何土地。我心想：你爸爸的骨灰是被火化的，土地里埋葬的只有他的骨灰罐。他不属于瑞典的土地。我是那种会这样说话的人，所以我就这么说了。我听见自己大声说出这段话，然后马上就后悔了。我能看见从她胸口迸发的痛苦，她的喉头哽咽起来。

她想要找到某种意义，她当然想要找到某种意义。她想要梳理这一片混乱，找到某一结论。我想说抱歉，但是我没有道歉。我说：

"如果是这样的话，我走了以后又会发生什么事？当你把双亲都埋进土里以后，你会得到一面奖牌吗？一面表扬你作为瑞典人身份的奖牌？"

她站起身来，走进厨房，扭开水龙头。我想，她是在假装取水。我真该跟着她，但我并没有这么做。我举起电视遥控器，切换频道。过了好一会儿，她才回来。她没再多说什么。过了一会儿，她才说：

"我现在要回家了。"

我恼怒地望着她。

"你才刚过来。"

"妈妈，我已经在这里待了四小时。我现在得走了。"

我不希望她走。

"如果你每次都这么匆忙离开,你也不用过来了。"我听见自己这么说。

她点点头,然后离开。我没能使她留下来。我上回说服她留下来已经是很久以前的事了。

假如你卖力地过生活，你的人生是否有可能消耗得更快？人们总是说，我笑得太大声了。想象一下：每一道笑声，每一道太吵的笑声，都可能让我少活几天。想象一下：我们一生的总呼吸次数是有限的。你越是高声大笑，疯狂地讨论，跳舞跳得气喘吁吁，生命就越快结束。当你大声喊出口号、逃离军警和革命卫队时，吸气、呼气、喘息，一生就结束了，我想。

三个月后，复活节都过完了，我开始接受治疗。

"你觉得癌细胞在最近这三个月以来，扩散了多少呢？"

我强硬地盯着专科医生克里丝蒂娜。我的眼神在说：要是我死了，一切全怪你，因为等你看诊浪费了那么多时间。

一开始克里丝蒂娜什么话也没说，她试图先了解我的问题。克里丝蒂娜既是肿瘤学家，也是妇科医生。癌细胞最初发源于我的卵巢，是我作为一名女性、一名母亲专有的身体器官最先出问题。真是讽刺。我们第一次见面时，我就这么对她说过："我们身为女性却受到这么多的惩罚，不是很讽刺吗？"那一次，她也用类似的表情看着我，满脸疑惑，陷入沉默。

"我知道，等待是很难熬的，"她说，"可是我们会尽力的。"

"你们早在三个月以前就应该尽力了！那样的话我也许还有救。"

她低头望着文件。

"我们现在安排你住院几天。"

这就是她全部的回答。

我听见雅兰提出一堆问题，那可都是我从来不曾考虑过的问题。她是有备而来的，我伸手握住她的手，她是那种会做准备的人。

"你是医生吗？"克里丝蒂娜问她。

"不是，"她答道，"不是的，她是我妈妈。"

她的声音哽咽起来。我看见医生不知所措。

总之我了解到，事情远远不止于此。她们想追踪我的病情，以防肿瘤破坏我的身体机能。她们谈话的态度，仿佛我的身体和我是完全分开的。我不再听她们说话，让雅兰代替我发言。

终于，她们谈完了，我们走出小房间。她们替我准备了一张床，我坐到床边，望着印有省议会徽标的睡袍、灰白的床单，以及一条淡蓝色的毯子。雅兰仍然握着我的手。

"妈妈，我们会渡过难关的。"

她离开我，出去买果汁和报纸；我则一动不动。当她不在我身边时，我依旧一动不动。

她很快就气喘吁吁地回来了，将手中的两个袋子放在地上。

她跑了几步，将我抱住，紧紧地抱住。我坐在床沿，双臂垂落在两侧；我任由双臂垂落，我任由她拥抱我。我依偎在她的怀里。她拥抱我许久后，谨慎地、轻轻地摇晃我的身躯。我的脸颊感受到她心脏的搏动。我想到，她的心脏是由我所创造的。过去她的心脏曾经在我体内跳动；现在，我的面颊感受到她的心跳。在不久后的将来，即使我已经不在人世，她的心脏仍将继续搏动。我的心跳很快就会停止；她的心脏则会继续跳动，心跳中承载着我的韵律。我将会活在她的心跳声中。我希望这个想法能够安慰我，可是它无法让我感到安慰。我要我自己的心跳。为了我自己的缘故，我要我的心跳；我想让自己的心脏继续跳动，我不想沦为别人身体内部、记忆当中的一道阴影。

我举起双手，用力地将她推开。她踉跄一下，差点向后跌倒。她看起来像个受惊吓的小孩，像一只无缘无故被扔出鸟巢、迷了路的小鸟。我用空洞无神的目光盯着她，我十分空虚。最后她别过脸去，翻找着袋子。她把东西摆好，瓶装果汁、报纸。每份报纸上都有照片，是那种近距离拍摄、深具狗仔风格的照片。她知道我没力气读报纸。她还买了一袋伟特鲜奶油糖，并将它们倒进一个塑胶杯里。它们令我想起在时间与空间上都已遥不可及的童年。然后她拿出一只有着温柔眼睛的小白兔。

"我本来在想……我不确定你想不想要它。"

我将小白兔抱进怀里，抚摸着它。同时她取来一个花瓶，将它放在小小的水槽里，装满水，然后将一束活像扫帚、快要枯死的花插进花瓶里。医院花店里经常卖这种花。我想说：它们就像我一样，都快死掉了。但我克制自己，试图再忍耐一会儿。她坐在床边的板凳上。

"好吧，"她说，"好吧，我得走了，我得去上班了。"

她再度握住我的手，我疲软地任由她握住我的手。

"你什么时候回来？"

"妈，我明天会过来，不过我今天晚上会打电话给你。"

明天。我看了看时间，十一点二十七分。我估算了一下自己醒着时独自一人待在病房里的时间。我想求她留下，可是我该怎么做呢？她已经说过自己会离开，她不想留下来。我感到如鲠在喉，没人想留下来。我抬头望着她。

"那些难看的花快枯死了，"我说，"就像我一样。你可以把它们带走。"

她抽搐一下，仿佛脸上被我打了一拳。她低头望着地板，几秒钟过去了，也许已经过了一分钟。房里一片死寂。

"去吧。"最后，我说道，然后我转过身去。

她将手搭在我的肩膀上，然后离开了。

我妈还不知道我快死了。我还没有告诉她，而我也禁止其他所有人把这件事告诉她。她不需要被这种想法折磨。她不必再失去一个女儿。有时候，我真想告诉所有指控我们来到这里强取豪夺、拿走本不属于我们的东西的人："你以为我赢了吗？"我想这么对他们说，"你真以为我所得到的比我所失去的还要多吗？那你自己呢，你以为你损失的比你所得到的多吗？你觉得你的损失超过我所获得的吗？"

在我出生的那一刻，从许多方面来看，我都令人失望。我是家里的第六个女儿，家里还没生下男孩。这并不是我父母想要的，但我还不是最令人感到失望的。六年后娜拉出生时，所有人都泄气了。其实我不知道，为什么大家都这么想生男孩？在比较传统的家庭里，男孩意味着可以赚钱、养家糊口的收入来源，女孩只意味着开销，但我们家的情况并非如此。当我出生时，玛丽安已经二十岁，担任女教师。她前往乡间地区，在需要教师的乡村任教。她独自一人生活，工作赚钱，然后把赚来的钱带回家里。

不久之后，我所有的姐姐们都开始工作了。她们担任教师和研究助理。她们的钱就是我们的钱，属于姐妹的手足之情和骄傲像一个茧，将我们包在一起。妈妈是理发师，她就在家里接客，帮客人染头发、修眉毛、缝脸。我很早就学会这些技能，我会帮妈妈的忙。这些女顾客躺在一张床垫上，我弯下腰，贴近她们的脸孔，湿黏的小手指间握着缝合用的针。我可不想将这些事情告诉住在瑞典的人。这不符合他们看待人生的方式——我那些可怜的姐姐没命般地工作，还得把挣来的钱交给妈妈；我和娜拉将头发扫掉、缝脸、为我们家工作。在他们眼里，姐姐们没有真正的独立，我们没有真正的童年。但我觉得，我们的日子过得好极了。想想看，我的姐妹们曾经有过自由，而我们作为女人，既富有女性气质，又能自给自足。

年轻时，我有着丰富的潜能。我很聪明，有进取心，非常勤奋。人们相信这些形容词意义重大，能使你功成名就。

我考取了医学系。我无法对别人说明这件事有多么重大。这是一个梦想，梦想。录取通知在报上刊登以后，我的妈妈和姐妹们感到如此骄傲，以致一连哭了好几天。

在夏季的尾声，我的姐妹们邀请邻居们参加派对，庆祝我被医学系录取。妈妈不喜欢这样，她认为家里有喜事时，不应该太招摇。在日常生活中，她最怕被坏人盯上。她害怕某个心怀怨恨的人会用嫉妒的眼神盯着我们，那恶毒的眼神将使我们的生活土崩瓦解。但她还是协助我们准备。我们这八个女人，妈妈和她的七个女儿，窝在热气蒸腾的厨房里。当我这么说的时候，这听起来很像童话故事。而我认定这就是童话故事。

玛丽安煎着茄子，炖煮着一锅又一锅的肉片，额头上闪动着汗水。梅瓦希、姬塔、修芮和莎比娜穿着超短裙，顶着被漂成白金色的头发，是四个独立、勤奋工作、精致得像洋娃娃的女人。我先为她们剪出法拉·佛西[1]的发型，再用吹风机将她们的头发吹干。我们所渴望的正是这样的世界：《霹雳娇娃》和《教父》，既坚强又脆弱，拯救别人，也被拯救。这都是不存在于现实生活中的情节。她们将双腿伸直，坐在地板上洗菜；妈妈恶狠狠地瞪着她们修长、裸露的腿。最后她用一条毯子遮住她们的腿。她不希望我们露出皮肤，展示自己。她不希望我们激怒别人。

还有娜拉。她才刚满十二岁，是我们家年纪最小的。她在我们之间跑来跑去，甩动着细辫子，说个不停。她以自己一贯的方式说话。

"我不懂，我们为什么不能邀请侯赛因先生和他的儿子们？"

"娜拉，我们不能邀请他们。"妈妈回答。

"可是我不懂，为什么？我们认识他们已经很久了，他们不会不高兴吗？"

"娜拉，他们不想来。"

---

1 Farrah Fawcett（1947—2009），美国女演员。

"我们怎么知道？我们问过他们了吗？"

在这种情况下，当玛丽安意识到妈妈无力应付的时候，她就会介入。她始终扮演着这个角色：分散对方的注意力，粉饰太平，接管整个场面。

"娜拉，他们觉得来这里很丢脸，所以他们不想来。"

"可是他们为什么觉得丢脸？"

"因为穆斯塔法曾向娜希求婚，但被她拒绝了。你记得吗？娜拉，一个男人很难接受这种事的。"

"可是这只是证明他喜欢她啊，他一定想跟我们庆祝。"

"不，娜拉，不是这样的。"

我则站在玛丽安的对立面：说话简洁有力，不想粉饰太平。

"正好相反。他是男人，除了骄傲以外什么都没有。拒绝他求爱的女孩即将出人头地，成为医生，而他家里六个手脚健全的男人都从没念过大学。你认为他受得了？他们当中一半的人，高中甚至都毕不了业。他们不想跟我们庆祝！他们现在一定坐在家里，说我们是女巫和婊子。"

"娜希！"

我低下头，默不作声。玛丽安很少这么凶。

"女巫和婊子！"娜拉乐不可支地笑了起来，在厨房地板上跳舞。"女巫和婊子。"她唱了起来。梅瓦希和姬塔也跟着唱起来。

娜拉掀开妈妈盖在她们身上的毯子。她抛了个媚眼,像甩开大方巾一般将毯子扔到一边。

"他们说娜希医生是女巫和婊子,我们是一群女巫和婊子。"

我和玛丽安四目相对,我俩都笑了起来。我们很快就全笑得瘫在地上;有人放起留声机上的唱片,我们手持切肉刀和莴菜叶,又唱又跳。海耶德[1]是当时最有名的流行歌手之一,我们这伙女巫与婊子开始唱起她的歌。

在我们逃离伊朗的许多年后,在海耶德逃离伊朗的许多年后,我仍记得这一切。当我们获知她的死讯时,正在低头看报的马素德甚至没有抬起头来。他只说了三个字:

"臭婊子。"

1　Hayedeh(1942—1990),伊朗女歌手。

当我想到那一晚的派对时，失落感就更加强烈。这是一场刻骨铭心的完美派对。我的姐妹们和妈妈一连几天煮饭。叔叔在院子里挂上灯笼。他请来自己的那些音乐家朋友：一名歌声轻柔的女子，一名敲打黄铜鼓、年龄较大的男子，以及他那个演奏西塔琴的儿子。亲友和邻居们涌进庭院，他们吹着口哨、欢呼着，对未来感到开心不已，就连侯赛因先生都来探望。他在大门口停下脚步，摘下帽子，将它放在胸前，等待着。当我心怀戒备地走上前时，他清了清喉咙。

"恭喜。"他一边说，一边递上一个小小的礼物盒。

我走上前，亲吻他的脸颊。他的出现仿佛证实了所有关于未来人生的希望。一切都会水到渠成，绝对不会变得像我所担心的那样糟糕。他转身离开，没有再多说什么，不过这已经不重要了。我盯着他的背影,直到他走进自己家的大门。然后,我一路狂奔,像个小孩一样,跑回姐妹们身边。

乐手们弹奏着,演唱着所有我们点选的歌曲。我们轮流跑到前面,眼神充满期待,向他们提出下一首歌。我们跳着舞,我甚至不觉得我们吃了什么,我们只尽情地狂歌纵舞。当时没有任何阴影,只有喜悦。我妈终于要送女儿进医学院读书了,一个独力抚养七个女儿的母亲。她避不出面,但到了最后,娜拉冲进厨房,将她拖了出来。我们抓住她的胳膊,推着她。她笑了起来,钻进我们所围成的圆圈里,将厨房用的毛巾扔到一边,也跟着跳起舞来。曲终之时,她来到我面前,用多年来因在发廊工作而变得粗糙僵硬、伤痕累累的双手抱住我的脸,亲吻我的额头。这是用力而深长的一吻。娜拉吹起口哨;我闭上双眼,想要隐藏夺眶而出的泪水。然后她就走回屋内,整个晚上都不再出来。不过这已经没有关系了。我知道,我已经给了她某种有意义的东西。

那天晚上他也在场。之前我们并不认得他,是索塔尼家的人带着他一起来。他才刚搬到城里,准备上大学。他们想必觉得,这个场合很适合他。他可以认识其他学生。一开始我没有注意到他,但我察觉到娜拉和某个人聊了很久。那人听了她的玩笑之后哈哈大笑,同时也倾听她各种不断冒出的想法和说明。当夜稍晚,我坐在台阶上,将那双厚底鞋放在身旁,按摩我酸痛不已的双脚。这时她才拉着他,来到我面前。然后我才看到他。

"娜希，娜希！这是马素德。他准备读农业学系。他的父亲是农夫！他是种什么的？噢，对了，他养蚕！那种会吐丝的蚕！它们口中会吐出丝线，我们可以用这些丝来织地毯，还有……这个工作很重要呢！这可是伊朗的骄傲。可不是嘛！"

马素德笑了起来。他的笑声很灿烂，使人感到心暖，不是那种有意识的皮笑肉不笑，而是发自内心的真诚笑声，是那种来自丹田的笑声。

"这工作对我爸来说是很重要，可是这不是伊朗的骄傲。我不知道我们还有什么可以感到骄傲的。"

这些话使我抬起头来。当我的目光和他的交会时，他的眼神既殷勤又充满抗拒。

"我觉得，我们这些美女才是伊朗的骄傲。"

我的口气听起来像是经常说这种话调情的人。其实正好相反，我以前从没这样说过。我记得，我当时还希望娜拉不会取笑我，希望她放我一马。

他踏上台阶，坐到我身边，露出微笑，两排牙齿闪闪发亮。

"你们不是我们的骄傲，你们是我们的甜心。"

娜拉吹起口哨。

"唐璜。小心啊！唐璜来啦！"

然后她拔腿跑掉，我们则坐在原地。当时我不知道自己有这么多话题可以聊，有这么多想法在脑海里。可是他似乎知道，而且一清二楚。

我和马素德聊了起来。当音乐声停了，灯火灭了，我们还在聊；当朋友们和邻居们走上前来，亲吻我的面颊，在离开前最后一次向我祝贺，我们还在聊。我们坐在台阶上，就在相识的第一天夜里，我们促膝长谈。玛丽安不时从窗帘缝隙中偷窥我们，察看我们的情况。

他很有想法，我从未听过如此激进的想法，它将摧毁彻底禁锢我们人生的旧社会结构。他谈到人民，谈到人们衣食温饱的权利。他谈到司法体系时的口吻，仿佛它只是一场派对，而我们的角色就是要广发邀请函，安排这场派对。日出了，阳光照耀在我们身上，他向后躺，将头枕在手臂上，闭上双眼。他闪亮的头发在前额形成几撮刘海，在晨曦映照下，它们像金子一样闪闪发光。我毫无倦意地望着他。我仍十分清晰地记得那种感觉，那种通宵达旦、狂歌纵舞、聊天聊到口干舌燥却仍然不饱足的感觉。我反而想得到更多，就是那种饥饿感。

我觉得这才是人生——始终保持饥饿。我正努力思考，到底还有什么事物值得我彻夜不眠？但我什么都没想到，一点想法都没有。我纳闷，现在的我是否已经饱足？或许这就是我得癌症的原因。

过了几个晚上,马素德回来了。我坐在厨房的地板上(那是我爸过去常坐的位置),将我的裙子挂在妈妈的缝纫机上。我身边的收音机轰鸣作响,我随着音乐扭动身体。派对的感觉还在,是那种完美无瑕的纯净感。距离大学开学已经没几天,我对大学充满信任。我对有思考能力的人们相遇、交流时产生的效应充满信心。我第一个想到的是自己裙子的长度,真天真。我要穿短一点的裙子,我要当一个自由的女人,我要解放自己的双腿。

娜拉突然冲了进来,扑到我身旁的地板上。她厚重的眼镜后方的那双眼睛闪闪发亮,手上则拿着一大束花。

"他在这里,他回来啦!娜希,他来这里见你耶!"

我向她招招手,示意她把收音机音量调低一点。

"谁啊,娜拉?谁在这里?"

"谁？谁？你在说什么？说得你好像都没在想他似的。当然是马素德，他回来啦。娜希，他爱上你了，这太明显了。噢，想想看，有人爱上了你。有人喜欢娜希医生。娜希，感觉怎么样？"

我把她拉到自己身边，笑着亲吻她的额头。

"小丫头，我爱你。你知道吗？被爱的人是你。"

她挣脱开来，动作是如此紧迫，一切是如此紧迫。

"娜希，他在等你！他站在外面等你，他不想进来打搅你。不过啊，这些花可是我的！它们不是你的。我帮你们撮合，所以它们是给我的。"

她将脸埋进花束里，深深地吸了一口气。

"有爱情的味道哟！"

我站起身来，走向他。

报到日当天，我身穿超短裙走进大学，被吹风机吹干的头发轻柔地垂落在肩膀上。我借走了姬塔那件轻柔的、胸口别着玫瑰花形饰物的丝质女用衬衫。我还保存了一张照片：当时我正准备出门，和妈妈肩并肩地站在家门口。她比我矮了一个头，脸上露出灿烂的微笑。她极少微笑。照片中的我有着淘气、逗趣的眼神。这张照片想必是娜拉拍的。

我记得，那一天的那一刻，我很骄傲，既骄傲又高兴。我本该就此知足，而不是要求更多东西。可是我很不知足。

开学才第一天，学校里的各种小团体就已经很明显了。大家三五成群地站着，许多人低声、斯文地交谈，但其中也不乏高喊口号的人。这些口号就像在热锅里最先跳动的那批爆米花一样，这里来上一句，那里又插入一句，不多，也不频繁，但足够清晰，而且一定会出现更多口号。我将文件夹贴近胸口，脚下的木质鞋跟敲打着马赛克贴片的路面。这种感觉不太对劲，感觉不是那么自由。小团体里的女生们穿得和男生一模一样。她们身穿喇叭裤、衬衫，脸上没有化妆，头发也绑着细辫子。她们自由、无拘无束地走动着。她们闪闪发光，仿佛她们想要的事物如此伟大，以至于这种骄傲的念头让她们的身体闪耀动人。

当时我正准备和马素德在自助餐厅见面。我先看见他，尔后他才看见我。他靠墙而站，嘴角叼着一根烟，充满活力地比手画脚。他身边围着一大群人，是那个团体里的人。我停下脚步，内心猛然感到一阵强烈的羞耻感。我为自己裸露的双腿，以及为了自由费尽精力地打扮自己感到可耻。关于自由，我又懂什么呢？我才刚想转身离开，他就看见我了。我们的目光交会，他话说到一半，猛然间停了下来。我不知道该如何解释这种事情。当我现在回想起这件事时，我对自己的天真感到憎恶。可当时，他看到我，顿时容光焕发，仿佛全身充满了生命力。他的脸庞因喜悦与仰慕而闪闪发亮；他望着我的同时，我察觉到自己的不确定感逐渐消失。我穿什么样的衣服或我有多么不安，都已经无关紧要。我觉得他看出了我的本性，他看出我想要的东西，他会帮助我取得我想要的东西。我感觉他希望看到我得到自由、充满力量。他的这个心愿，也许比我自身的意愿还要强烈。

几个星期后一个温暖的夜晚,我在图书馆里读书,待到很晚。以前学校的授课结束后,我通常会赶快回家,帮妈妈的忙,但我在大学里的心情产生了某种变化。我开始体察到自我的存在,我不再是和他人关系中的一部分。这个想法很新颖,却像一个放出的屁一样迅速消失无踪。

我没有搭公交车回家,反而在城市里游走,望着那些外表看起来很恩爱的人。一对情侣紧靠着彼此,坐在一张长凳上窃窃私语,另一对则在卖冰激凌的小店前高声大吵。这不适合我,这从来就不适合我。我不想当别人的老婆。我不想花费自己的人生来照顾其他人。我不想变得像我妈一样,我绝对不想变得像我妈一样。可是我无法摆脱那种想法,那种谈恋爱的想法——和马素德谈恋爱。我想跟他在一起,可是又不想变成他的。而这样是行不通的，这样从来就是行不通的。

　　当我最后拉开大门时，屋内并没有灯火，我想妈妈和娜拉应该睡着了。但当我穿过小小的庭院，打开内门时，我听见厨房里传来歌声。我一边将夹克挂在玄关，把书从袋子里拿出来，一边想着，歌声一定是从收音机里传出来的。但这歌声让我想起某个人，而且我还听到其他的声音，是流动的水声。我轻手轻脚地走向厨房，最先映入我眼帘的是妈妈。她坐在自己平时常坐的位子上，双眼紧闭，手中握着茶杯。她持续、缓慢地前后摇晃身体，配合着歌声，使自己感到平静。我走进房里，看到马素德的背影，惊讶不已。他站在水槽边，挽起衬衫的袖子洗碗。他一边用轻柔的动作洗着晚餐后留下的餐盘，一边唱着歌。

　　他们没有察觉到我走进房里，而我也不想打扰他们，所以就先离开了。我离开了，然后躺进自己的床上，望着在我身边床位上熟睡的娜拉。我聆听着从厨房里传来的轻柔歌声。我现在仍记得，当时的我热泪盈眶。他的出现，使我体验到一种前所未有的安全感。

某个星期五的早上，晨曦初探之时，马素德轻轻敲了我们家的大门。我朝他飞奔。当时我已经把女用衬衫和裙子藏进衣柜的最深处，穿着喇叭裤、舒适的鞋子和一件属于娜拉的花格子制服衬衫。我没有化妆，当他拥抱我的时候，我稍微扭了扭身子。我感觉自己一丝不挂，赤身裸体，比身穿短裙时的感觉还要强烈。不过，情况即将发生变化。不久之后，我就不再将自己视为一张脸孔，而是一整捆的想法与理念。这些想法、理念为我提供的保护，比我化的妆还要充足。

我们要到山上和其他人开会——开学日和马素德站在一块儿的那些人，已经成了我们的小团体。我们必须远离军警的耳目，而骄傲的山峰能将我们的行踪彻底吞噬。

我们乘着马素德的车离城，不过仍将它停在山脚下的一段安全距离之外。然后，我们步行上山，借此锻炼体力，训练体魄，增强抵抗力。这真是太神奇了。灼热的太阳低低地垂在地平线上，清爽的空气仍显得有点凛冽。肾上腺素充满了我们全身。我们踏着稳健的步伐，持续向前迈进。不同的脚步发出各自独特的声音：走动的双脚、奔跑的双脚，还有战斗着的双脚。

当我们接近开会地点的时候，马素德嘴里开始哼起小调。其中一支曲调暗示：我们已经到达目的地。另一支曲调则暗示：我们已经彻底检查过周遭环境，确定自己没被跟踪。然后我们听到了回应，这支曲调暗示：海岸已经被清空。

他们在等着我们——沙博、罗兹别、阿里和索拉亚。这是在我们使用化名、东躲西藏以前的情况。之后发生的事情，和当时相比可说是天壤之别。我们亲吻彼此的面颊，用兴奋难耐的声音问候彼此。阿里为我们端上茶水，作为团体领导人的沙博宣布会议开始。他的身体微微前倾，一只脚踏在一块大石头上，双臂则搁在大腿上。眼前的景象使我的胃部感到一阵抽痛。沙博卷起衬衫的袖子，他穿着一件单薄的背心和一双粗犷的鞋子。群山的顶峰在他的背后流泻着，它们在日光下映射出金黄的光辉，看起来强而有力。我想，当时的我们以为自己就是群山的一部分，以为自己也像群山一样强而有力、稳健、永生不死，是像顽石一样坚硬的民族。

当我们讨论完政策以后，罗兹别举起西塔琴，开始演奏。我们从自己所在的位置上看到其他几群人，总共有数百人。音乐声从四面八方传来，有口琴声，也有歌声。马素德顺着节拍吹起口哨，索拉亚则唱起歌来。现在严冬已经结束，春季正在绽放。第一段唱完以后，我也加入他们的歌声。属于艳阳的红花重新盛开，长夜已经结束。我们坐在那儿，穿着军靴，戴着贝雷帽，头发绑着细辫子，脸上没有化妆。无数的繁星，尽在我们心中。

对我们来说，事情就是这么开始的。

这场革命宛如一场流星雨，洒落在我们身上。我其实并不清楚，我们到底是何时开始明白自己在搞革命。我们成了革命分子。我们当然想成为革命分子。不过一开始，这就像小孩子的梦想，就像小孩梦想要成为宇航员、电影明星或总统。

当我们认识沙博的时候，他已经快要取得工程学学位了。他就像一头雄狮，如此英俊、高大、强壮。当他走在我们前面的时候，你能从鼓动的背肌看见他身上流动的力量。不管是男生还是女生，大家都很爱他。在你的人生中，这样的人并不多见。我想，能见到像他这种人，我很高兴。然而我还是希望自己从来没见过他，从来没见过马素德。希望他从来不曾到过我们家。希望我当时就只是身穿短裙在大学校区里走动，安分又老实地过日子。

我现在认为，当时的我们真是白痴。那时我们拥有一切，拥有人们实际上所能够奢求的一切。在我们的国家，我们已经是最幸运的天之骄子。从许多方面来看，我们所拥有的比那些有钱的小屁孩还要多。我们可以亲手打造属于自己的未来。还有沙博，他本该让自己成为一个衣着笔挺，身旁有美妻相伴，拥有孩子、别墅、名车、威士忌的男子。不过事态发展并非如此，我们打造原则，我们要的是真正的自由。我们为了自己而追求真正的自由，但最主要的是，我们希望其他所有人能享有真正的自由。这听起来很美好，很有吸引力——将正义扛在自己的肩膀上，成为正义之师。

我们以为一切都在我们的掌握之中！我们以为自己举足轻重。真是一群天真、几近于白痴的孩子，但这是我这辈子所做过的最好的事情。我有时会希望，这当初能成为我人生的主题。在这之后所发生的一切……还不如没发生的好。

在那天日出之前,我和娜拉就已经溜下床。我们既兴奋又紧张地打扮着装。妈妈没听到我们发出的声音。我记得当时有那么一眨眼的工夫,我曾想到,我们应该叫醒她。我本该告诉她,娜拉这次会跟着我们出门,但我没有这么做。我担心她会抗议,而娜拉会感到失望。我让妈妈继续熟睡,我和娜拉则走到马素德家。马素德就在院子里等着我们。

当我事后再回想这件事时,这已经是好几年前的事了。可是这一切仍让人感觉一气呵成。权力已经发生了移转,但我们并不满意。各大学已经被封闭起来,目的在于压制像我们这样的人。但我们继续发声,我们通过会议、示威游行继续发声。

我不知道我们当初为何让她跟着我们。到了现在,我仍然不了解为什么。她非常想跟来看看。她已经唠叨很久了。对于我们的话,她感到如痴如醉。她所见到的一切,我们之间的举动,来来去去的同志们,以及耳语和高声的笑闹深深打动了她。"这是你的斗争,也是我的斗争。"她对我这么说,马素德笑了起来。我们实在无法拒绝她,可爱的小娜拉,一个年仅十四岁的女斗士。

我们握住她的双手,闪入黑暗中。我们在桥下和其余的组员们见面。沙博向娜拉点点头,这个沉默的手势,仿佛让她增高了几厘米。随后他向我们招手,示意我们跟着他走。我们就跟着他行动。他在一道陌生的大门前停下脚步,对我和马素德打手势,要我们跟着他一起进去。其他人站在门外警戒。我们钻进一座阴暗的地下室,双眼花了几秒钟才适应黑暗的环境;我还记得,我摸索着马素德的手。我们握紧彼此的手。随后一名女子从暖热的印刷机前方的座位站起,朝我们走来。她一语不发,将一个鼓鼓的布袋塞到沙博手中。

我们在屋外平均分配刚印好的传单,沙博指示每个人发传单的路径。我们当时自以为驾轻就熟,已经发过很多次传单了。在城里走动,将传单塞进门板下,我们传播我们的信息,鼓励、煽动大众。传单上的内容总是大同小异,不过我们可是花了大量时间和精力,字斟句酌。

抵抗。

战斗。

正义。

平等。

自由。

沙博将一捆传单递给娜拉,可是我不敢让她一个人发传单。

"把那些给我!"

她出声抗议。

"娜希!我要发,娜希,这些是我的。"

"你可以跟着我走,这样最好。"

我将传单从她手中抢过,我们的眼神交会。她看着我的表情,仿佛我抢夺了某个属于她的东西,某种经历,又或是一场夜场电影、一双新鞋子。

娜拉伸手想要抢回那些传单,但马素德及时挡在我俩之间。他将双手按在她的肩膀上,用父亲一般的眼神盯着她。我知道她很需要这种眼神。

"娜拉,我们都非常爱你。"他说。她放下双手,选择屈服。

马素德对我微笑一下,我和娜拉就出发了。要是被发现拿着这些传单,我们可是会被判死刑的。我们都知道这一点,却都不为所动。可是,娜拉,不能把娜拉牵扯进来。

一整个早上,她都跟在我后面一两步远的地方。这让我感到很振奋。我对她的勇气感到骄傲,我真的很骄傲。她有时候会晃神,开始跳上跳下,或是哼唱某一首歌曲。这时我会忍不住笑出声来。不过，我们在大半时间里都东躲西藏。当我们看见有人接近时，就直打冷战，低声咒骂。我们躲进狭窄的小巷里弄。她的双眼闪闪发亮。她非常享受这种感觉，我理解她的心理。这真好玩儿，太刺激了，又恐怖，就像在鬼屋里行走一样恐怖。可是我们大家互相扶持。

当我们发完传单以后，就和马素德与罗兹别会合。阳光已照上房舍的屋顶，我们一同在街上前行。我们走在路中央，仿佛刀枪不入，是打不死的。阳光偷偷地照映在我们身上，像是在守卫我们。

"这才是自由。"娜拉用庄严的口吻说。我感到一阵悸动，属于生命的悸动。马素德摘下自己的贝雷帽，将它套在她的头上。他笑了起来，伸出手臂，紧紧地拥抱她。

当时的她十四岁，我二十岁。我回想着，属于那个年龄层的姐妹花通常会一起做哪些事情？会聊哪些事情？我的脑海里一片空白，我不知道。我知道我和妹妹曾经参与过什么活动，我知道这是一件美好的事。那就像一场梦，这场梦仍活在我的身边。

我们继续走向大学校园，一场示威游行即将在那里举行。当娜拉理解自己即将参与示威活动时，她从后方扑向我，跳到我的背上。

"美丽的、亲爱的人生啊！"生命！

我们同声大笑。我和她，以及其他人都为了她的孩子气和迫不及待，笑了起来。

当我事后回想起这一切时，我很纳闷，当时怎么没有人感到不安？为什么没有人感到害怕？没有人往反方向逃跑，回到家里，躲藏起来？

大学前方聚集了一千人，或者几千人。我们——马素德、罗兹别、我和娜拉，融入人流当中，被人潮牵着走。我们握住彼此的手，像一条铁链般行动。这很重要，必要时，整组人可以就地解散，往不同的方向逃跑，这样一来所有人才不会同时遭到同样的危险。更重要的是，我们集体行动，紧握彼此的手，跟着群众高声呼喊口号。骄阳灼烧着我们的皮肤，我瞄了娜拉几眼。我在想，她是否被人潮给吓到了？我在想，她能不能撑下去，会不会要求回家？她没有这么做。她高声喊叫，仿佛这是属于她的斗争，她个人的斗争。她才十四岁。

我们很难区分每一分、每一秒。整道人流构成了一种催眠的状态，我不知道我们在外面待了多久。但示威的队伍突然停下，我们听见前方传来尖叫声，尖叫声与爆炸声。马素德企图爬到罗兹别的肩膀上，想要看清楚前面发生了什么事，但队伍仿佛就在此时转向。恐惧的人们冲向我们，先前紧张、兴奋的脸孔已经消失无踪。马素德和罗兹别倒下了，我拉着娜拉，朝他们的方向冲去。我不知道我们是怎么找到他们、将他们从地上弄起来的，不过我们还是做到了。随后我们开始逃跑，仍然握紧彼此的手。马素德企图寻找逃生路线，不过现场实在太拥挤了，我们只能随波逐流。这时我们前方传来爆裂声，刹那间一切仿佛都静止不动了。在那一瞬间，我们察觉到革命卫队骑着摩托车，手执武器杀进人群中。他们无所不在。

现场已经没有任何指引或任何有组织的单位。人海像是被旋风席卷一般，到处流动。所有人都在寻找出口，一个能够让他们狂奔、逃命的出口。过了片刻，我才了解，事态已经很严重，而且无法挽回。情况没有最糟，只会更糟。但我随即见到马素德的目光，他的眼神充满某种我始终无法想象的恐惧感。他们开枪，就是要置我们于死地。我转向娜拉，她仍戴着那副圆形镜片的大眼镜，微笑着、好奇地望着我。她以为这样是很正常的。她在问，我们现在该做什么？下一步要怎么走？我对她微笑，点点头，想让她保持冷静。

这一切就在转瞬间发生。我知道，我们一直处于移动的状态，但那一瞬间是如此深刻地印在我的视网膜上、印在我的脑海里、刻在我的心里，导致我觉得当时一切是静止不动的，仿佛我们当时正站在舞台上，而镁光灯闪向我们，我们成为全世界的中心。我朝娜拉点点头，随后听见一声令我战栗的枪响，听起来非常近。还不止于此。感觉上，某个东西好像从我身边掠过。我再度转向马素德，我的细辫子像皮鞭一样，拍打着我的脸孔。随后我感到一股重量,一团重得不合理的东西落在我手上。我低头一看,是罗兹别。他倒了下去,双膝砸在地面上。他抬头望着我,脸孔扭曲。他原本抓着我的手,这时他松开手,脸朝下滑落在地面上。一开始我还没感到震惊,我还没警觉到我们出事了。人这么多,我们又都这么年轻,凭什么正好是我们出事呢?我俯下身,想要将他拉起来,但马素德也随即跪了下来。他猛地跪在地上,拉扯着罗兹别的上半身,将他拉向自己。这时我才看清,鲜血像一朵怒放的花,染红整件白色T恤。一朵红蔷薇在罗兹别的胸口上绽放。马素德抬头望着天空,他双眼紧闭,高声咆哮。我记得当时的我只是呆站着,凝视着。然后我扯下自己的围巾,将它塞在弹孔上,但血仍不停地流。它汇聚成一个圆圈,不断向外扩散。我大声尖叫,想要求助,但是一切都是徒然。然后他就消失了。前一刻他还用痛苦的眼神望着我,后一刻就走了。

"我们带他走。"马素德说,"把他抬起来!罗兹别,兄弟,我们会带着你走。我们会带着你走,罗兹别。"

马素德企图把他抬起来,将他弄到自己的背上。但人潮不断涌来,我们无法保持平衡。他跌倒在地,被死尸压在下面;所有人狂奔乱窜,他们就倒在众人之间。

"他死了!马素德,你听到我说的了吗?他死了。"

他摇摇头,继续用手压住弹孔,继续和他说话,想让那具已经没有生命迹象的死尸镇静下来。最后他索性抱住死尸。他就坐在那里,在周边一片混乱中抱住罗兹别,尖叫着、呼喊着他的名字。

直到这时我才发现,娜拉并没有跟我们在一块儿,我已经松开了她的手。周遭的人潮挤压着我们,头顶的烟雾密不透风。娜拉不见了。我也开始尖叫起来。

我们呼喊着这些名字:罗兹别、娜拉。对我们来说,这些名字是活生生的人,是我们的自己人。没人听见我们的声音,但我们就站在原地,呼喊着这些名字;人群狼奔豕突,踩踏在我们身上。在我们尖叫的同时,周围不时传来枪声。

一分钟,那不超过一分钟。但我感觉那就是永恒,感觉就像一辈子。

过了片刻,马素德才听见我的声音,才了解到我们把娜拉给弄丢了。他望着我,然后立刻从地上起身。我们留下罗兹别,把他留在死尸堆与枪声之间。我们不知道该往何处去,不知道她跑到哪里去了。到了最后,我们只能先开始跑动。我们一起跑着,呼喊着她的名字。我们跑了又跑,我以为他就在我后面。我以为自己听见他的喊叫声。我以为他的身躯紧贴着我。所以我拐进一条小巷,心想他应该也会转向。脚步声跟随着我,所以我想,他就跟在我后面。我们找到了藏身之处,我们可以讨论一下现在该怎么办，我们该怎么做才能找到娜拉。但我转过身时，却发现是另一个人。一名手持木棍的黑衣男子。我们就站在那里，四目相对。他的年纪可不比我大。我们简直就是两个孩子，互相瞪着彼此。这时我意识到，他跟他们是一伙的，跟打死罗兹别的那票人是一伙的。各种思绪像乒乓球一样，在我脑海里跳来跳去。我是该踢他呢，该拔腿就跑呢，该爬墙呢，竭尽全力逃命，还是面露微笑、装无辜呢？我就说，我正在回家路上，不巧经历这场灾难，如果我不赶快回家，我妈会很担心。但他脸上露出狞笑，我感到害怕。我才意识到，我们只身站在这条小巷里，他完全可以对我为所欲为，没人能帮助我抵挡他。我想，当时的我被这种想法震慑住了。某种程度上，这就是死前的焦虑。要是被他强奸，还不如死了算了。我心中唯有一念：我必须摆脱他。我必须摆脱他，重新回到街上。我不愿意陷在这里，在所有人的视线之外，遭到凌辱与折磨。所以我握紧双拳，将膝盖弯曲。我感到一股尖叫声从腹部腾起，我直冲向他。这就像李小龙电影里的角色：蹲好马步，直接向敌人进攻。我不清楚这到底是怎么回事，不过，突然间，我又回到了大街上，再度置身于人潮之中。我企图采取之字形路线，想要挤出一条路来，但周围烟雾弥漫，视线很差，到处都是人，我突然感到无比疲倦，所以他就追了上来，从后面抓住我。我放声尖叫！我呼喊着娜拉，呼喊着马素德。

"我得找到我妹妹。拜托,拜托,她只是个孩子。"

他高高地举起手,赏了我一巴掌。肉体上的疼痛,这是我没有料想到的。现在我还记得很清楚,这让我感到讶异。就连将罗兹别胸口打烂的枪弹,都没有让我设想到肉体上的痛苦。我身上最后一点抗争的力量随之消散,我陷入沉默。他们显然会逮捕我。只要他们愿意,他们可以逮捕我、折磨我、杀死我。只要他们不强奸我,我只求不被强奸。比起将自己的身体奉献给他们,我还宁愿死,死了还比较好。被强奸就像被邪恶扎上一针,必须一辈子背负着罪恶,任由罪恶在我的内心掀起波澜,然后苟活下去。

他将我拖在地上行走。砂砾刮破我的背部,我紧闭双眼。我不想看,我不想再费心思量接下来会怎样。要是他给我投降的机会,我一定会乖乖就范。不过他显然更热衷于逼迫。随后他将我拦腰抱起,扔进一辆待命中的卡车的货柜箱里。货柜箱里一片漆黑,塞满了呻吟着、尖叫着的人们。我继续紧闭双眼。我一直紧闭双眼,直到门板被拉开,他们开始将我们拖出车外。我后面的一个男生用凄厉的声音大喊:

"他们要射杀我们!同志们,让我们高歌吧,让我们同声高歌吧!"

我转过身,要他闭嘴,而他只是冲着我笑。他面露微笑,好像一切都会水到渠成。那伙黑衣男子把我推到一边，抓住他。我们其他人只是注视着。我们一语不发，我们没有跟着高歌，我们只是注视着。他们将他拖在地上走，走向墙角。一名较年长的妇人抓住我的胳膊，她的指甲深深陷进我的皮肤里。我再度闭上眼睛。我们所有人都听见了他的歌声。随后一声枪响划破空气，一切戛然而止。这是我毕生所听闻过最凄厉的沉默。

当天他们逮捕了很多人。当你想起这件事，当你真正允许自己想起这件事的时候，这竟是如此虚幻不实。这么多人的身体，我想起约兰·佩尔松[1]曾经谈过"人肉山"。我很好奇，他是否真的见过这么一座"人肉山"，也就是由人体所堆成的山。我们并不是堆叠在彼此身上，也没有被打死，至少我囚室里的情形并非如此。不过我知道，一座由死尸堆成的山就在附近。只不过，我们的人数实在太多，而囚室面积如此狭小，体液在人肉阵中交融、浸渍——血水、汗水、泪水、尿液。我融入这一切，用眼神搜寻着娜拉。我心想：让我们同在一处吧，让我有机会照料她吧。我得照料她，可是我没有看见她。她不在这里。她当然不在这里，她和妈妈待在家里。一定是这样没错。我缩进囚室的一个角落，被两面墙壁包围，远远躲开所有人的目光，这样感觉最

---

[1] Göran Persson（1949— ），瑞典政治人物，曾经于1996年至2006年间担任瑞典首相。

安稳。我在那里坐了很久。囚室慢慢地被清空了,人们一个接一个被拖出去。我的目光扫视每一个被拖出去的人。他们都不见了,没人回来。我努力不去想象他们到哪里去了。

我在最后一批被拖出去的人当中。两名身穿黑夹克的男子扣住我的双臂,他们身上的味道很难闻,是酸臭的汗味。平常我总是大声尖叫、咆哮,但这时我沉默不语。我沉默着,盯着他们的手。他们的手,那粗大、坚硬的手,皮肤上布满淤血和小伤口。这几双手已经抽了几千下皮鞭;这几双手将点燃的香烟戳在人体薄薄的皮肤上;这几双手掐住震颤的喉咙。

他们将我带进一间审讯室,把我留在那里。房间里相当昏暗,唯一的光源是一盏摆在摇晃不稳的金属桌面上的油灯。桌子后面摆着一张折叠椅。我不知该如何是好。我该坐在椅子上吗?所以我向后退,双臂抱紧身体,靠向墙壁。我全身颤抖,我多么希望自己带着氰化物药片。我和马素德曾经讨论过,我们宁可服用氰化物自尽,也不愿意被他们折磨、处死。可是我们也许不相信这种事真的会发生,至少不应该这么快。我当时觉得,这听起来真勇敢——勇敢地自尽,拒绝让别人夺走自己的生命。只有真正的斗士,才勇于这么做。但我在审讯室里意识到,情况正好相反。希望我可以自尽的,是我自己的害怕与恐惧感。

这时一名穿灰色西装、身材单薄的男子走了进来。他的胡须很稀疏,好像是刚刚才长出来的。西装大衣下是一件黄浊的网球衫。一开始，他单独进来，手上抱着一捆文件。但他一看到我，就朝着走廊大喊。另外两名黑衣男子应声而来，护着他走到那张小桌子前面。他随后坐了下来，他们则站在他后面。

他首先问了我一堆是非题。我是穆斯林吗？我定时祷告过吗？我支持过伊斯兰革命吗？

这又不是我的革命！我在内心深处尖叫。但表面上，我针对所有和伊斯兰教有关的问题点头。我毫不犹豫。我们曾经开过几次会议，谈过这种情况。就算赌上自己的生命，也要为理想挺身而出。我们当然得这么做，其他一切行为都是背叛，投机分子的背叛。可是我没有这么做。我不敢为自己所奋斗、自以为坚信的一切理念挺身而出。我想活命，我不想死。

不过，接下来他们开始讯问信息。

"是谁要你上街的？"身材单薄的男子问道，他用笔杆敲着纸。我说的每一个字都会被他记下。

"没有人。"我回答。真的，没有人要我上街。要别人上街的人是我。我就是他们想要剿灭、除之而后快的对象之一。

他们问我跟谁一起上街。我犹豫起来。如果我能说点什么，这会对我比较有利。如果我供出一些信息，下场就不会那么凄惨，所以我说了罗兹别的名字。当时我想，他们已经不能逮捕他了。他们不能夺去他的生命，因为他们早已夺去了他的生命。

我说，这对我来说是第一次。我并不知道示威的目的是什

067

么。罗兹别是我的未婚夫,他告诉我,我们加快脚步通过,然后去看电影。我就只是跟着。我把一切都推给他,没供出其他人的名字。我说,我才不管政治,我只是跟着未婚夫走。

"这种事,你是否还会再做一次?"那名男子问道。

"不,永不。"

他再次低头读着文件,非常仔细、详尽地记录。

"先生,我只想要结婚、生小孩、过我自己的生活。今天发生的事情跟我一点关系也没有。"

他"嗯"了下,振笔疾书。我不敢抬头看那些黑衣男子,只敢望着那名西装男。我很想知道他会采用哪一条法律。当他决定处置我的时候,是采用哪一条法律。

最后,他将一捆文件推了过来。

"签字。"

我瞄了他一眼,企图推断出这些文件的内涵,然后低头望着文件,开始阅读。

"签字!"

其中一名黑衣男子暴吼起来。我连忙拾起笔。签名以前,我只来得及看到最后几行字。上面写着:我发誓效忠伊斯兰革命。

那伙黑衣男子再度扣住我的双臂,将我从一道门中拖出。这不是我来时的那道门。我感到心脏剧烈地猛跳一下。我心想:他们不相信我。他们从另一扇门将我扔出去。我站起身来,在走道上踉跄前行。没有门，没有窗户，连个人影都没有。但我听见尖叫声，我听见鞭打的声音。顷刻间，我呆立原地，聆听着这些声音。我企图辨识，这是不是娜拉发出的声音。但是这些声音混浊不清、无法分辨。我沿着走道继续走，在一个拐角处，另一扇门出现了，一扇比较大的门。

我凝视那扇门良久。我们听说过太多故事了。为什么我当时不理解，这些故事都是真人实事呢？这完全可能发生在我身上。我跌坐在地板上，双臂环抱住膝盖，努力使呼吸平稳下来。大门另一边的景物化作一幅清晰的影像，在我内心流动：一座中庭、一排又一排的人、眼罩、持枪的黑衣男子、倒地的死尸、被拖走的死尸、新一批一排又一排的人。我曾听过每一个细节。不过有人曾经置身于那种处境最后通过某种方式逃了出来。如果他们没有逃跑成功，那些故事也永远不会传入我的耳里。所以我想：我可以逃走！我是其中一个可以逃走的人。于是我再度起身，走到那扇门前，将它推开。我很谨慎，试图向外张望，熟悉下环境，做好准备。

户外又冷又黑，现在已是深夜。我什么也没听见，所以就走了出去。大门在我身后砰一声关上，周遭只剩下黑暗与沉默。我孑然一身，脑中闪过的第一个念头是转过身重新开门。不过它已经被锁上了，因此我拔腿就跑。我狂奔着，向前直冲，不知道自己在哪里，也不知道自己正往何处去。没人拦阻我，他们已经

069

释放我了。

我在一片宽阔的原野上走了许久,然后来到一条高速公路旁。一路上,我不断地回头张望。我想他们肯定是弄错了,他们会来追杀我,不过没人追来。

一辆货车在黎明时分路过,我高举双臂求助。我不确定这是不是明智之举,不过我害怕自己无法在荒郊野外撑下去。我当初还以为自己有能力逃离行刑队的魔爪,现在却连寒冷和荒凉都顶不住。

那辆货车在市中心放我下车,在我和马素德、娜拉、罗兹别走散的同一座广场下车。我不知道那是前一天的事,还是好几天以前的事。

我希望那座广场能够回到这一切发生前的样子。我希望它保持原状,富丽堂皇,正中央立着沙阿[1]的雕像,电影院的墙壁上悬挂着约翰·韦恩的海报。我一厢情愿地冀望我们可以将这场革命调回上一个独裁政权,也就是上一个垃圾,或者说,至少调回一个能让我有选择余地、可以置身事外的时间点。

直到我从货车上跳下时,我才想起,那伙人拿走了我的提包,我身无分文,所以我又开始走路。

---

[1] Shah,波斯语单词,意为"帝王"或"统治者"。

我走了又走,这场漫步,简直永无止境。我边走边想,搞抗争运动还真不容易。它就像一卷录音带,在我脑海里播放。搞抗争还真不容易。

在回家的路上,我一直自言自语。

"娜拉在家里。"我说,"她是个聪明的女孩。她很年轻,反应很快。她一定从现场跑掉了,跑回家找妈妈了。"

我点点头。

"她们现在坐在厨房里喝茶。妈妈说:'娜希最好赶快回家。'娜拉笑了起来。娜拉一边笑,一边回答:'妈妈,娜希当然会回家的。'就是这样。马素德在外头,给她们买面包。当我走进家门时,他们三个都会抬头望着我。她们会痛骂我一顿,然后嘲笑我、拥抱我。然后就没事了,一切都结束了,没事了。没事的。"

当我在我们家所处街道的尽头拐弯时,我首先见到了妈妈。她坐在大门外的一张圆凳上。她不时摇晃着身体,双手搭在大腿上。我看到有人已经在她脚边放了一个托盘,托盘里放着茶水;我也看到,她根本没碰那只茶杯。当我看到她时,我为自己感到羞耻,真想转过身去。

当我走近时,我注意到妈妈的双眼是紧闭的,她的嘴唇翕动着。那是一首由哈菲兹[1]写的诗。她低声念着这首诗，仿佛正在做祷告。我将手搭在她的肩膀上。她睁开双眼，盯着我，仿佛看到一个穿越她梦境的厉鬼。她一连盯了我几秒钟，然后从圆凳上一跃而起。她的力道太猛，凳子倒在装着茶水的托盘上，茶杯、托盘被砸得粉碎。然而她对此全然不觉。她扑在地上，扑到我跟前，双臂紧抱住我的腿。她尖声呼喊我的名字，声音极其凄厉，就像落在地上、已经粉碎的茶杯。我倒在她身边，我们紧紧相拥。她尖叫着，我静静地听着。我多么希望自己也能尖叫，但我身上还有余力尖叫的那一部分，仿佛已经结冻了。

"妈妈，妈妈，"最后我问道，"娜拉在哪里？"

那一刻，我多么想将那一刻从我的人生、我的记忆里、我的视网膜上删除。妈妈不解地看着我，她认定我知道娜拉在哪里，她认定娜拉是安全的。这个问号变为惊吓，最后成为纯粹的恐惧，她倒在我身旁的地面上，身体缩成球状，失声尖叫。这次她呼喊的是个新的名字，是自己最小的女儿的名字。我当下真想躺在她身边，贴近她，从她作为一个母亲所特有的壮硕身躯上分到一点慰藉，可是我害怕她会当场死在那里。她的心已经碎裂，随时会停止。她困难地呼吸。我心想：是我杀了她。我冲进家里，打电话叫救护车。他们将妈妈抬到衬垫上，姬塔和梅瓦

---

[1] Mohammad Hafez（1325—1390），伊朗最著名的抒情诗人，被誉为"诗人中的诗人"。

希则跟着上了救护车。我的姐姐们没有看我。她们都不愿意看到我。

她们离开以后,我在屋内走动,在每个房间里翻找。最后,我走进我和娜拉共用的房间。她的床位铺得很整齐。她过去常穿的那件睡衣被叠好放在被套上。我拾起那件睡衣,再次走到屋外。我坐在妈妈的板凳上,吸着那柔软布料所散发出的香气。猫咪,我记得,那是她睡衣上的猫咪图案。

马素德在黑暗中向我走来，最后他终于出现了。他的衣服被扯得稀烂，全身脏兮兮的，身上满是沙子和泥土。他缓步走来，就像当时的我一样。我很纳闷，他是否曾经待过同一间审讯室，用跟我一样的方式来回答问题？他们是否选择释放他，而他在吸足了夜间凛冽的空气以后也开始步行？不过我知道情况并非如此。他永远不会说出他们想听的话。他永远不会对伊斯兰点头。他绝对不会推卸责任。

他属于被拖出另外几扇门处理掉的那种人。他们不会放任他夺门而出，隐没在黑暗中。能逃进黑暗中的人，就是叛徒。

当他出现时，我坐在圆凳上。我安静地坐着，凝视着，似乎直到此刻才突然开始呼吸。我深深地吸了一口气，然后扯开嗓门，高声尖叫。他冲向我，将头贴在我的膝盖上。我们一起大哭。我记得,这是我们唯一一次一起放声大哭。我们本该经常一起哭的,应该一起多哭几次的。假如我们经常这样一起放声大哭,而不是让痛苦成为我们之间的一根尖刺,我们的人生就不会落到这步田地。我们就不会这么孤独,他就不会死,我就不会陷入垂死状态。

"我刚经过罗兹别的家。"他说,"我想告诉他的父母。可是他们家的门被捣烂了,我看到庭院里全是革命卫队的人。我不懂,他们是怎么认出他的?他们为什么会找上他的父母?他们正在逮捕无辜的人,那些刚失去儿子的人。"

我整个人僵在原地,纹风不动。我决定永远不向任何人提起这件事情,永远不向任何人提到审讯室和那些问题,永远不向任何人提起是我检举了罗兹别,供出了他的名字。他那可怜的爸妈、我的妈妈,这些备受折磨、痛苦的灵魂。

"娜拉不见了。"我对马素德说。

当他听见我的话时,他的眼神为之一变。他那双充满爱意、写满绝望的褐色眼睛仿佛僵住了,他眼神中一切充满希望、一切美好的元素都消失了。

"不,不,她会回家的。"

他放开我,站了起来,别过身去。

"她会回家的,娜希,她会回家的。"

随后他走进屋内,像个老年人一样弯腰驼背。

我仍坐在原地，怀疑我们是否会宽恕自己。我们怎能宽恕彼此呢？我们把娜拉带去，我们任由自己被她说服，我们喜欢让她跟着。

当时我还不知道也不理解的一点是：从那一天开始，我们就已经死了。从各种方面来看，当时才二十岁的我们，人生却已走到尽头。往后所发生的一切都是笨拙、于事无补的努力，企图补偿我们在那一天所失去的一切，包括未来我们的孩子、逃亡、我轮值过的班表、工作的每一个小时，所有的一切。

当天夜里，我们已经死过一次。在那之后的所有时间，全都是借来的。

选择离开，不是因为已经放弃。选择离开是想要有所作为，建立起某些东西。你想建立起属于自己的东西，狠狠地朝过去发生的种种灾难竖起中指。

人们常以看待受害者的眼光看待我。他们认定我很脆弱，已经被打垮，因为我是一名女性难民。我不懂他们是怎么想的。他们难道不明白，我正是因为够坚强才来到这里？他们难道不理解，选择不放弃、拒绝接受苦难与压迫是需要力量的？有时我很纳闷，他们是否以为自己很坚强，以为自己的坚强是来自从未见识过任何困境。他们或许以为沉静能够培养出抵抗力。

我为自己的力量感到骄傲。即使一再遭到打击，我总是能够再接再厉，每次都能绝境逢生。这就像免疫系统，愈挫愈强。就是这样！就是这样。

但是，癌症的消息传来。我开始怀疑，陷入焦灼。

"这种事情为什么偏偏发生在我身上？"我问克里丝蒂娜，这个念头在我脑海里不断跳动，"我做了什么伤天害理的事情要沦落至此？"

她将手搁在我的手上，凑过来。

"这都是运气不好，娜希，只是运气不好。"

这种答案给了我沉重的一击。运气不好，真是陈腔滥调，令人恼火。我努力奋斗就是为了过上好日子。我坚持了那么久，做了这么多牺牲。

结果运气不好。

随后我意识到，娜拉与我们分离，也是运气不好。我成为幸存者，也是运气。我妈在事发后几个星期里都不和我说话，也是运气不好。我从全家人的骄傲转变为家人眼中的瘟神，更是运气不好。

也许生命和坚强或软弱无关？也许一切都只是运气不好？也许我就只是个厄运缠身的女人？也许这就是关于我的一切。这样的话，我还宁可软弱一点。我宁可软弱一点，换取命运之神的垂青。

现在是瑞典的仲夏节，艳阳高照。仲夏夜的天气通常不会太好，所以这样的好天气让大家很开心。我从窗口向下望，已经有人在草坪上开始准备。女人身穿碎花洋装，儿童身穿白衣，她们头戴花环，忙着装饰那根象征仲夏节的树桩。现在也才上午十点，庆祝的时间还没到。下面那些人兴致勃勃，提早到场，想将一切都事先准备好。我站在窗前，身体微微趋前，一只手托着下巴，打量着她们。那只暗红色的茶杯就摆在我的手肘旁。我心中涌起一股冲动，是那种很常见的冲动——把茶杯举起来，将杯里滚烫的液体淋在她们头上。我倒不是针对她们，其实我也不会这么做。我只是怀抱着这个想法，心里打了个寒战。也许我只是疯了。也许我的癌症，对我自己、对全世界都好。

手机嘟嘟响起。我们快到了。你可以下楼吗？是雅兰和约翰。他们很固执,一定要我跟他们一起出门。对我来说,这已经无关紧要。对我来说,窝在沙发上看电视,不也很好吗?不过,不行。就连我都翻出了自己的碎花洋装。

我开始打扮着装,揽镜自照。我很难接受镜中的形象。没有了头发,没有了眉毛,这就像看到自己被削皮一样,变得惨白。我仿佛正在消失。所以我挑了一条紫色,准确地说是暗紫色的围巾。我用力刷抹睫毛。我看得出来,妆化得太浓了,但我还是这么做了。我努力用浓妆填补自己的轮廓。我涂着口红,一笔画多了,于是我一手扫过下巴,想要将它擦干净,但口红仍陷在皮肤里。算了,我宁愿浓妆艳抹,也不希望自己不被看见,不再存在。

我将提包挂在胳臂上,坐电梯下楼。我发现我喜欢这样的感觉,到处走动,一直在路上,一切尚未结束,一切还没有完全结束。

当我打开车门时,她满心期待地转过身来,然后露出迟疑的表情。我看出她对我的妆容有意见,我让她觉得不自在。她一语不发,所以他转过身来,替她发言。

"今天天气真好!"

我点点头。

"是啊,今天一整天我们会不断听到这句话的。"

他继续微笑。我真想要他别再演了。我想说,他是无法取代我的女儿的。我需要的是她。

"妈妈,你感觉怎么样?"最后她很勉强地说。

我叹了一口气。我很疑惑,如果她受不了我,为什么还要我跟着一起来?我很疑惑,为什么我女儿会用打量怪物的眼神,打量着我?为什么她无法让我高兴,确保我感到高兴?

"我不就在这里吗?"我回答道,"我总会有点不舒服。"

他们别过身去,车子开动起来。我看到他向她伸手,紧紧握住她的手。这让我很难过。他必须这么做才能保护她、抚慰她。我身旁就没有这么一个人,能做出同样的事,朝我伸出手来。需要关怀的人是我。

我们安静地坐着。她打开汽车音响,播放波斯音乐,是古许[1]的歌曲。我们以前已经多次开过这条路,这条沿着森林一路延伸,穿越桥梁、横跨海域的高速公路。每次见到这样的景色,我的心脏总会惊跳一下。我们穿过了岛屿、面积更小的外岛、木屋、小艇,以及这片波光粼粼、洁净澄澈的海水,这使我惊讶不已。这是一个如此美丽的地方。我已经在此地生活了三十年,但它是如此美丽,我总是无法完全适应。它这样美丽,而我却几乎没有什么与之相关的美好回忆。怎么会变成这样呢?

当她还小的时候,我们就常常这么做——将车内音响的音

---

1 Googoosh(1950—),伊朗著名流行乐歌手。

量调到最高,然后驱车上路。我们驶向动物岛[1],或是经过韦姆德[2]教堂,或是直接开向北蓝根岛[3]。我油门踩得太凶了,音乐的音量也太高了。我经常放开方向盘,点上一根烟。我现在才明白,这些行为并不好。但当时我毫不在意,就算她坐在车里,我都毫无顾忌。因为我感到焦躁不安,感觉自己被囚禁了。是的,我经常感觉自己的家甚至自己的脑海,都是牢笼。现在我多病的身体,成为另一座牢笼。

---

1 Djurö,位于韦姆德自治市境内的乡镇,属于斯德哥尔摩外海群岛区。
2 Värmdö,位于斯德哥尔摩外海群岛区的自治市。
3 Norra Lagnö,位于韦姆德市境内的人口密集区。

"沙博死了。"某天下午,马素德这么说。

我没听见他进来。他站在门口,全身笔直、僵硬,像是站岗的卫兵。

我坐在地毯上,雅兰在我膝上。她才一岁又一个月大。我们租的小房间,一间没有窗户的地下室,根本不够用。一个小生命,是不能用这种方式生活的。她哭了又哭,我无法抚慰她。她已经哭了一整天。我们坐在同一个位置上,而她已经哭了一整天。当他进来时,我的脑海只剩下一片迷雾。我一定也哭过,因为我不得不连眨了几下眼睛,才看清他的身形。我请他再说一次,我还以为是我听错了。那些音节弹跳着,与雅兰的绝望撞成一团,当它们进入我的耳朵里时,已经变成另一种声音。

"你有病是不是!"他尖叫着,"他死了,死了,死了,死了，死了。"

雅兰越叫越大声。她的小手在空中挥动，仿佛企图抓住某个东西，不愿意放手。我将她按向自己的胸口，安抚着她，同时，也努力理出一个清晰的头绪，而不是空白一片。

"你为什么坐在那里不动！"他吼道。

我吼了回去。

"马素德，我还能做什么？我们还能做什么？还能再做什么？全完了，一切都玩完了，什么都不剩了。"

他走到我面前，用双臂抱起雅兰。她的哭声越来越响亮。她又哭又叫，简直要撕裂我的耳膜。她的声音听起来仿佛无法呼吸。他的眼神中带着杀气，比我过去所见过的任何时刻都要阴沉，我不希望他抱住我的孩子。

"马素德，把她给我！"

就当我企图站起身时，一股强大的力量袭来，强到迫使我仰面朝天，倒在地上。我的第一个想法是：地震了。我想到雅兰，想到我们在地下室里，想到所有东西全都会砸在我们的脑袋上。然后那股力量再度袭来，我意识到，它并非来自地面，而是来自他。他站在我旁边，怀里抱着雅兰，用自己那双肮脏的鞋子不断猛力踢我。他猛踢我的胸部、腹部，并摆好架势，准备踢我的脸。我伸出双臂保护自己，他出脚猛踢，而且一踢再踢。我听见手指断裂的声音。我听见雅兰高声尖叫，我的孩子已经陷入绝望。我听见他的喘息声。

我陷在那里，仿佛凝结在地板上。房间里没有窗户，没有电话，我动弹不得。所以我就倒在地上，望着地毯上的花纹。那是一条手工地毯，我们最珍贵的、不可分离的资产。每次逃难，我们总是会带上那条地毯，马素德总将它背负在肩膀上。我不知道我们为什么觉得它这么重要，非带上它不可。为什么偏偏选中这条地毯呢？

这条深蓝与红色相间的手工地毯有着旋涡状的花纹，仿佛能将人淹死，就像车窗外那片深蓝色、被红色小木屋和岛屿点缀着的海面，它营造出的旋涡，能使人淹死。这可真是美景。为什么我在这里都没有美好的回忆呢？

我这辈子，我的孩子是对我而言唯一有意义的。我不知道这是不是因为我除此以外，几乎一无所有。不过不管怎么说，这是实情。雅兰就是我的一切。我爱她。我真的爱她。又有谁不爱自己的子女呢？对我来说她很重要。我希望她一帆风顺。我希望她能够健康、开心。我希望常常跟她见面。我多么希望这一切成真。可是我不喜欢当妈妈。我从来就不喜欢为人父母。

当我想到生产过程时，我只想着一个词：懊悔。我后悔让自己的身体陷入这种处境，让它落到这步田地。痛苦，如此痛苦，凭什么要人们忍受这一切呢？换作是男人，他们永远不会接受这种事。我听别人说，我应该要感到高兴才对。我怀了一个大宝贝，她的身体强壮，而且在怀孕期间茁壮成长。我正确地执行了我的工作，连怀孕的方式都是正确的。如今我只需要将它，将这个来自我身上的产品挤压出来，我就是个完整无缺、无可挑剔的女人了。好大的一团肉呀。我脑海中想象的场景是：有人还不想出来。她在我体内用指甲又撕又抓，双脚胡乱踢蹬，用双臂猛烈地抗拒。她已经对我很不满了。她不满的是，我打扰了她，硬将她从我体内逼出来。我想，当时的她想必已经开始痛恨我了。

这真是羞辱。我被迫用身体摆出的那些姿势，还有那些体液，都是一种羞辱。他们将我拉上床，将我的双手按向墙壁，要我用力、用力、用力。一名护士很快就尖叫起来："她快出来了。看，看，快低头看看。"这我是做不到的。我站在原处，脸颊贴在医院病房那颜色冰冷的墙面上，泪水滴在肿胀的胸口上。我尖叫着，身体颤抖，感到懊悔。我总是懊悔。

当他们将她放在我胸前的时候，我就爱上她了。我是真的爱她。从第一刻开始，我就爱上她了。我察觉到我会为了她献出自己的生命。情况也的确如此。我意识到我会为了她献出自己的生命，而这将不会改变。这是不能反悔的。现在我就是她。现在的我就是为了她的身体而存在。这使我感到惊恐。这将是一场漫长的折磨。她一辈子跟定我了。

你无法将这种情绪诉诸外人。作为一个母亲、一名女性，你不能这样说。我爱我的孩子，但我痛恨担任母亲的角色。从一开始，我就对此感到痛恨。有时我会因为她将我带入这种处境，而痛恨她。

当我获悉医生的诊断以后，脑中第一个念头就是打电话给她。我想打断她手头上正在做的任何事。我想要尖叫，放声大哭。我想要大喊："帮助我，救救我。"这就是我想做的一切，但我却没有这么做。对此，我为自己感到骄傲。就算只能拖延几个小时，我仍然选择保护她。

这辈子，我已经朝她求救太多次——举起话筒要求她救救我，朝她卧室的房门尖叫："救命啊，救救我啊。"我一次又一次对这个本来应该由我保护、帮助、拯救的人采取这种做法。当他第一次动手打我的时候，她就在场；之后的每一次动手，她也都在场。就是这样。我们都无意在她面前避免冲突，隐瞒我们沉重的失落感和痛苦，避免在她眼前丢脸。我们反其道而行。

其中一次，她到足球队队友莫琳家里参加睡衣派对。当时才十岁的她已经建立了自己的生活圈，一个属于自己的世界。她自己去买薯片和甜点，然后我带着她去，确保那里有大人在家后再离开。

"妈，你不用进去啦。"她说。

不过我轻轻地将她推开，走进屋内。电视机前方的地板上摆着床垫，墨西哥卷饼和餐具整齐地摆在厨房的餐桌上。有人想到要照顾她，有人会把她照顾得很好。这使我的腹部抽痛了一下。

"晚上八点钟以后不准到室外乱晃，听见我说的没有？别人能不能这么做，或是有没有这样做，我才不在乎。你不准这么做！"

她点点头，别过脸去。她想要摆脱我。她想要走进另一个世界，那个属于她自己的世界。

"我会打电话查勤的！"

她再度点头。我当时就已经知道，她会到外面鬼混。她会全凭感情行事。我过去也是这么做的。

随后，我就在夏季的夜色中走回家。瑞典的夏天，我爱瑞典的夏天。天气很热，联栋住宅之间的空地上一片绿意盎然。你能闻到那一小片林海里传来的香气，湿气、暖热与绿意夹杂在一起。我缓步而行，并不急着赶回家。我完全不急着赶回家。他在家。他今晚不上夜班，我今晚也不上夜班，而她今晚偏偏又会在外面过夜，将我们留在家里。我走进那片空荡荡的游乐场，坐在其中一个秋千上，开始荡了起来。我以为我当时在那里待了很久。我荡着、荡着，速度越来越快，然后稍做休息。我打量着周边的区域。对我们来说，能住在这里可是一种奢侈的享受。这倒不是说我们配不上这种待遇，我们当之无愧；但最主要的是，这和我们刚起步时的情形，可说是天壤之别。

我永远不会忘记我们入住位于尼尔森丘陵的公寓房的那一晚。那是我们的第一个公寓房。我们一离开难民收容中心，就直接入住那里，准备展开新的人生。不过那块区域……完全不像我们已经见到过的瑞典。那看起来像是某个边陲地区，介于瑞典与荒芜之间，我也不知道该怎么形容，但不是魔法或童话故事的风格。难民收容所倒是颇有童话意境：坐落在森林中、小巧又可爱的木屋。当时我们得和另一家人同住一间木屋，不过那倒没关系，周围的环境很美丽。而这一带全是沥青路面、水泥建筑和钢板，好几栋公寓房共用暗绿色的狭长露台。这真是丑陋，到处散发着尿味，喝醉酒的男人在建筑物之间晃来晃去，公寓里不时传来尖叫声。

我们该说什么呢？这里有着和平、民主、自由。不过还是很恐怖。在尼尔森丘陵落脚，现实就明确地告诉我们，我们是社会底层的低端人口。这就是我们这些政治难民的地位。那些酒鬼、单亲妈妈和其他所有人一辈子活在民主与和平之中，但除了这些，什么都没有。我们不想待在那里。只要一有机会，我们就会

091

搬走。所以我们努力工作，我们努力工作，工作、攒钱、存钱。我们穿着陈旧、破烂的衣服，想尽办法在晚餐桌上省钱。然后我们买下了这座联栋住宅，将为数不多的私人物品搬到那里，而那里是平静、祥和的。

你会很努力，你努力打造美好的事物，因为这样总比反向而行要好。你认为自己办得到，你认为自己有能力打造美好的事物。然而，事与愿违。事情不像你当初所想的那么美好。事情不像你起初所希望的那样美妙。我不知道，我仍努力想要了解。我们总是以为那些成功从战火中逃出，来到和平国度的人们应该要快乐得多。他们曾和自己襁褓中的孩子住在地下室，躲避落下来的炸弹；现在他们有了庭院，举目所见尽是澄澈的蓝天，他们应该要快乐得多。我们以为，如果他们能摆脱酒鬼们和警笛声，就会活得比较快乐。不过事情可不是这样，而我也不知道为什么。

最后我还是回家了。我谨慎地拉开门，偷瞄了一眼墙上的时钟，意识到自己在外面待了太久。太久了。公寓里一片沉寂，是那种不祥的沉寂。我本来还以为至少能听到电视机足球比赛转播的嗡嗡声，不过屋里一片死寂，毫无动静。我走向浴室，想要冲个澡，打发点时间。但一切就从这里开始了。

"过来！"

马素德的声音很严厉，我乖乖听话。他坐在客厅沙发上，抬头张望。

"你去哪里了？"他问道。

"我去送雅兰，这你是知道的。"

"那是两个小时以前的事了！刚才这两个小时，你到哪里去了？"

"我在社区里散步。今天晚上天气很好。"

"你没有去散步！"这时他已从沙发上起身，"你跟谁在一起？给我说。"

我很好奇，面临这种情况时，我当初是否能够采取不同的做法？要是我当初说点别的话，风暴是否会就此止息？假如我将手搭在他的胳臂上，说："亲爱的，对不起嘛。我本该赶回来的，我错了。"假如我当初这么说了，然后趋身向前，亲吻他，是否一切都会不一样？我俩这一辈子也许会有所不同。假如我是这种人的话，他今天也许就能活下来，我今天也许就不会行将就木。这样也许是值得的？牺牲我的自尊。我不确定。

"那与你何干？我想什么时候见谁，就什么时候见谁！"

我反而这么回答。他举起手，准备扫向我的头部。我尖叫着，等着她来救我。不过她没出现，她当时不在场。

一个男人可以用很多种方式打一个女人。假如你没有亲自经历过这种事情，你会以为只是一个耳光，或是一拳将你打瘫在墙面上。不过他可是花招尽出。他的怒火好像永无止境，以致一旦爆发就无法阻止。还有那些声音，如果当初能录下那些声音就好了，再将那些液体搜集起来，还有现场的那些气味。现场的尖叫声通常没有包含多少言语，就只是尖叫声，间隔有我的啜泣声、我的泪水和他的汗味、他的喘息声。这是洒向壁纸的滚烫茶水，那是他在喘息时抽烟所散发出的烟味。当然还有打击的声音。

通常他会举起手，先打我的脸。有时是一记耳光，但通常是揍我一拳——握紧拳头，一击正中我的嘴巴、我的脸颊、我的额头、我的下颌。每次挨打的部位不太一样。其实第一击就已经够了，我通常会被打倒。所以他其实可以及时收手，但事情可不是这样的。当我倒在地上时，他开始踢我，踢我的双腿，如果情况许可，他还会踢我的肚子，甚至胸口。我很快就像胎儿般缩成一团，那时他就转而攻击背部。就我的记忆所及，不管怎么说，他没有攻击过我的头部。不过我曾经昏迷过。最初的攻击力道是如此猛烈，已经足以将我打昏。我相信，当时他确实被吓到了，所以他通常会取来一壶冷水，浇在我身上。那时一切就结束了。如果我很快被打昏，我就不必承受最悲惨的处置——追杀。追杀才是最悲惨的，尤其是被你每天晚上同睡一张床的男人追杀。

当他踢我时，我会努力起身，然后开溜。我通常能做到这一点。他还算不上是职业拳击手。我其实认为，除了打我以外，他并不常和别人斗殴。所以他会不断猛踢，摇动双臂，却不知道自己在搞什么。当我逃跑时,他会追上来。某一次,他从玄关取来一根曲棍球杆,用球杆将我打倒在地。另外一次,他追上我,双手扣住我的脖子,将我压向床边,掐住我的脖子。那次我真以为自己死定了。她当时也以为我死定了。听到这一切的人心里一定会很纳闷:哦,上帝!孩子在哪儿?是的,她就在现场!在我们中间。

当他抓着曲棍球杆追杀我的时候,他会先将她打倒。他不是刻意要攻击她。他从来就不是针对她,不过她挡在了中间。当他准备发出第一击时,她望着他,挡在我们两人中间。当他将她推到一旁时,她倒在地毯上。而在那一天,我以为他会掐死我的那一天,她在场。她揪住他的双臂,推着他的身躯,尖声叫喊:"住手,住手!"但这毫无效果,所以她跑开了。我听见她跑掉,听见她甩上大门的声音。我当时心想:她是去搬救兵了。不过什么事也没发生。我眼前一黑,晕了过去。当我醒来时,我独自躺在床上。房间里一片昏暗,没有任何声响。我的喉咙里传来一阵沙沙声,我努力想清喉咙,想要说话。当我终于说出话时,我说的是她的名字。

"雅兰!雅兰!"我起先只是低语,但最后恐惧让我放声大喊,"雅兰!雅兰!"我尖叫着,尖叫着,尖叫着。

很快我就听到大门被推开,然后是卧室房门被拉开的声音。她探头进来,睁大双眼,鬈发乱成一团。

"救我。"我说。她走上前,跌坐在地板上。她用其中一只手抓起我的手,用另一只手抚弄着我的头发。

"你为什么丢下我?"这就是我对她所说的话。我没说"一切都会没事的",也没说"抱歉"。身为一个母亲所应该说的话,我全都没有说。我只是怒火中烧。我在生她的气。

"你为什么丢下我?"

那个夏夜,她逃进了睡衣派对,逃进了由他人为她所构筑、有着田园般色彩的世界里。当我缓慢地散着步,在空旷的游乐场上荡秋千时,我望着那些联栋住宅和小小的庭院。它们属于那些有着不多不少财产的人。那个夏夜,我回到寂静的家里,他就等在那里。我出口顶撞他,他起身把我打倒。那时,我俩仿佛都觉得欠缺了什么。我们的节奏受到了扰乱。我倒在地板上,他则站在我旁边。我哭了起来。

"我去接雅兰回来。"我说,而他也同意。

我不记得他当时是怎么表达的,不过他让我起身离开。我爬进车内,开了短短几分钟,就来到她所在的房子。在按下门铃后,我才看见窗户玻璃中的自己。片刻间,我真不知道自己在搞什么。脸上的妆乱七八糟,马尾辫松散着,我的双颊红到发热。当门被打开时,我迅速地举起手来,遮住自己脸上的红印。我本来希望应门的是个孩子,不过这种情况当然不会发生。来开门的是这户人家的母亲，真正的母亲。

"哦，嘿。"她犹疑地说。

"我要接雅兰回家。"

她摇了摇头，仿佛自己可以做主似的。

"不，她们现在玩得正开心呢。"

我重重地吞了一口口水。

"我了解，但是她必须回家。"

我看见她望着我的眼神，她就是不愿意闪开。她没有意识到，她没有权利干涉。

"发生什么事了吗？"她问道。

我没有回答。

"你可以去接她过来吗？"

她意味深长地望着我。我不知道她是在评判我，还是觉得我真可怜，不过她转身走进了屋内。我先是听见欢笑声，随后笑声被打断了。我看见五个小女孩朝我所在的玄关走来，凝视着我。我觉得她们的眼神和那位母亲的一样。但是，她们又懂什么呢？然后她出来了，带着整理好的东西，抓着背包。她没有看我，也没有看自己的朋友们。她只是朝着空气说了一声"再见"，便越过我，走了出去。

也许痛苦是循环传递的，也许我造成她的痛苦，只是想报复自己遭到的痛苦。

当她还小的时候，我会将她放进车内，开车载她去兜风。虽然我做这些事的动机是出于焦虑，但我还是认为，这是我为她创造出的最美好的记忆。或许她只看到我展现的活力，没有察觉我的焦虑。我挤出全身上下的活力，就是想要摆脱追着我不放的过去。我们在青绿色的草原与丰沛的森林间行驶，也驶过闪闪发亮的海面。即使我们就住在群岛区，它的美丽仍使我们感到震慑不已。我们通常听波斯音乐、古许的歌。当我们和约翰同行，正在去他亲戚家的路上时，车上就在播放古许的歌曲。我很喜欢听她在他面前播放一样的音乐。她在炫耀我带给她的东西。

　　你，我与你同在，可是时间太沉重。我们一起坐在这里，可是我们的心距离无比遥远。她还小的时候，会在我唱歌时睁大双眼，望着我。我看出她乐在其中，而这使我唱得更卖力。她有时会要求我关掉汽车音响，唱几首其他没有被收录进CD和卡带里的歌曲。那些可都是我童年时代的民歌。她学会其中几句，也跟着唱。她不懂那些字的意思，毕竟是浓烈的方言，但她仍能以某种方式猜出它们大概的含义。我从她的神情看出了这一点。或者，她只是无意识地模仿我的失落与痛苦。这些东西就像乌黑的秀发一样，被固定地传承下去。

当我们坐在车内时，我们是受到保护的，我们受到金属车身、行车速度的保护。我和她同时受到保护，而且不必保护彼此。音乐就是我们与外界的联结，是音乐将我们和我们的来处联结在一起。她或许也这么觉得，音乐就是她生命的起源。

我觉得，不知怎么的，她对这些歌曲的归属感比对闪闪发亮的群岛区的归属感还要强烈。也许只要我还在世，这种情况就会持续下去。等到我不在人世时，她或许就能摆脱这些音乐。也许那时，她就可以把自己的根，扎在群岛与海面上了。

不过现在是仲夏夜，而且是另一个人在开车，一个她在属于自己的世界里相遇、结为伴侣的人。我坐在后座，没有受到任何保护。我无法摆脱一切，同时，世界上再也没有任何一种速度能协助我逃亡。

我们在水畔停车。我们开车外出兜风的终点站通常就在这里。我会不停地开，不停地开，直到来到水畔为止。然后我们会坐下来，凝视海水几分钟，随后我会掉转方向，开往别的地方，直到再度抵达水畔为止。但今天我们会搭船，对我们来说，世界在今天变得更加宽广。约翰的爸爸扶我上船，所有人都望着我，仿佛我随时会粉身碎骨。我真想对他们说："不用担心我，我没问题的。"但我默不作声，任自己的内心世界被吞噬、裂解。每过去一个小时，我的心就崩坏得更厉害。

摩托小艇也许开得没那么快，但我感觉船速很快，所以我抓紧扶手，闭上眼睛，任由海风拍打着我的脸。风拍打着我的脸，也吹动我的头巾，令它拍击着我光秃秃的后脑勺。除了风声和马达声以外，我什么都没听见，我很享受。我感到自己生气蓬勃，好久没有这么快活了。

"谢谢。"当小艇减速靠岸时，我对他爸爸说。

我努力用郑重的口吻向他道谢，想让他理解我的意思，不过他八成是以为，我只是想谢谢他载我一程。

"别客气。"他说。就这样，别客气。

或许只有行将就木、来日无多的人才会理解别人为生命所表达的谢意。

在我的记忆中，我老爸一直都在生病。他躺在一张摆在厨房里的床上，借此贴近我们。他身旁总有一个托盘，托盘上老是摆着一杯茶和一管点燃的水烟筒。水烟筒里装着鸦片，鸦片就是他的止痛剂。他没有使用医药，没有抱怨。我通常会躺在他旁边，听他说故事，听听他的想法。他对人生有许多想法，那些想法已经处于我无法真正理解的层次。他是苏菲主义[1]者，是个苦行僧。我当时不太了解这是什么意思。通常苦行僧就是个穷人，敲别人家的门，念几句祷告词，换来一点食物或借宿一个晚上。人们有时会对小孩子说说苦行僧的故事，借此吓唬他们。如果你不把东西吃干净，苦行僧就会来抓你！我当时心想：我老爸怎

---

[1] 苏菲主义，伊斯兰神秘主义。苏菲派赋予伊斯兰教神秘奥义，主张苦行禁欲，虔诚礼拜，与世隔绝。其足迹遍及全世界。

么可能会是这种人。

我的叔叔常称他是哲学家,这比较合乎实情。他谈论人生,谈论爱情,谈论我们对他的爱,以及他对土地的爱,谈论掬起一把沙子,再望着它从指缝间飘回地面的美感。我对他所说的话并不太理解,不过我倒是记得他对沙的描述。我常常蹲坐在家门外,掬起一把黄沙,再缓缓地让它落回地面。

"你为什么要把手弄脏!"我妈看到我这么做时,都会大吼道。

当我回答"这是爸爸说的话"时,她就会朝天翻个白眼,狠狠甩上门。她活在尘世之中,煮饭、工作、扫地。但我爸的世界可就不一样了——

> 沙子会落回土地上,因为它属于土地。我们可以掬起它、握住它、移动它。但就算时间如海洋般永不止息,就算我们带着它经历数千公里的旅程,一旦时机成熟,它仍然会回到土地之上。我们终将落叶归根。

假如我有个不一样的人生,我也许会记得我爸说过的另外一段话。但我现在想到的,是这段话。

我离开餐桌,在那片小小的沙滩上坐定;其他人则仍坐在码头上的仲夏节餐桌旁。那片白沙并不是天然的沙,是以人工方式被运到那里的。他们将它运过海面,载到这座小岛上。我坐在沙滩上,双腿张开,红色的脚趾钻入沙里。我小心翼翼地掬起一把沙子,将它紧紧握住。也许你可以藐视它,也许你可以禁锢它,即使它并不属于这里,就像风中的沙、我手中的沙。我紧紧地握住它,握到我的手都痉挛了。随后我松开手掌,发出一声呻吟。

"你还好吗?"雅兰从码头上喊道。

我点点头。沙子又落回地面了。

他们拥有这座岛屿。一小块突出海面的土地,而这是属于他们的。我对此感到惊讶不已。除了那些以人工方式被运来的沙子以外，岛上的一切都是如此坚固，富有生命力，它们仿佛无坚不摧。岛上大半面积被森林覆盖，树木高耸，树干宽阔，甚至遮蔽了视线。我对这些能够享受清静、不受打扰的事物，感到赞叹不已。当你在小径上行进时，树根就在你脚下蜿蜒。我用双手触摸它们。你无法举起树根，无法将它们逼到别的地方。它们从来不需要在你的手指间躲躲藏藏，也不需要落到地面上才能回家。它们现在已经在这里，也会永远待在这里。我望了望那些还留在仲夏节餐桌旁的人，心想：我属于由沙构成的民族，他们则是有根的民族。

当我准备开始上学时，我妈说我会搬到玛丽安的家里。她在一座离这里有三小时车程的小镇上班。我会成为她的学生，在她教的班级听课。晚上，我就在她家帮忙处理家务，比如，煮饭、洗碗之类的。一想到我妈将我送走，我就觉得生气。这么做的目的是要减轻我姐姐玛丽安的负担，而让我感到生气的是，原来这就是我的"使用"方式，活像一个工具，仿佛我本身并没有价值，仿佛我就不值得被照顾。

玛丽安是在那年夏天结婚的。不知道是不是命运的作弄，她的丈夫也叫马素德。那一带开明的成年男子数量比我们家的女人还要少。我们总是被这些渣男连累。马素德和玛丽安一样，都是老师，他比她小一岁。我想问题就是由此产生的。我的姐姐比他厉害。他们都是数学老师，而她的数学比他好。她的待人接物也远比他得体，他总是陷入冲突中，而她得替他化解这些冲突。她美丽、骄傲、坚强。就算是在瑞典，具有这些优点的女性仍然会引来一堆麻烦。所以他努力压制她。他禁止她在晚上工作。她得煮饭、把家里弄整洁、清洗他的衣服。他处理工作时，她得坐在他身边，缝补他衬衫的破洞，擦亮他的鞋子。情况正是如此，一点都不夸张，也就是在这种情况下，他们才会需要我，需要我协助照顾他。当他只会对她大吼大叫，她躲进厨房里时，我就得在厨房里陪她，像是提供某种保护。也许，他们认为这才是我的作用。

要一个老师晚上不加班，简直是不可能的。她必须改考卷、准备作业，所以她常在他睡着以后溜下床，尽可能选择一个远离卧室的空间（通常是门廊），开一盏小灯工作。她坐在那里，面前堆着文件，眼镜贴在鼻尖，嘴里叼着笔。她的红发被绑成一个高高的发髻，她修长的脖子和浓密的眼睫毛使她在微弱的灯光下看起来像个小精灵。漂亮，真是漂亮，她就是漂亮。

我像一条看门狗一样，躺在客厅的床垫上。这整出戏就在我面前开演。她跟着他走进卧室。最理想的情况下，他们会低声交谈几句，随后是一阵沉默。过了几分钟以后，他的打鼾声开始从房里传出。随后床板下方的弹簧会嘎吱作响，她会轻手轻脚地走出卧室，从我身旁经过。她走进厨房——她正是把自己的手提包藏在某个橱柜里——拿出自己需要的东西，坐在老位置上，然后朝我的方向投来一瞥，眨眨眼睛。

"现在，我亲爱的，睡吧。"我亲爱的。

我露出微笑，送她一个飞吻。我闭上眼睛，听着她的笔尖沙沙作响，直到我入睡为止。

然后，事情就被搞砸了。事情会被搞砸，是我的错。那一年的冬天相当寒冷，我们并不习惯这种程度的暴风雪与严寒。我从学校回到家时就已经发烧了，咳到全身颤抖。当时的我只有七岁，身材非常单薄，妈妈又不在我身边，我不想打扰别人，所以只能龟缩在客厅一角，尽可能保持安静，一动不动。但我全身灼热，不停颤抖，我没能完全掩饰住自己的存在。我想，他一回家就看到这一幕了——我灼热、颤抖的身躯。这是他不想要看到的。

他有着很严重的洁癖。如果他不确定别人的手是否洗干净了，他就不会去握。他要求玛丽安用洗洁精清洗蔬果。他要她每周五把地毯弄到屋外，在太阳下刷干净。她早上与晚上都得洗卫生间。有时候他还会开门，探头进来检查，然后喊她的名字，"玛丽安！"一个如此温柔的名字，却被最粗暴的腔调吼出来。他每次检查都极不满意。

事实上，我觉得他喜欢看到我住在那里。他喜欢看到她和一个孩子待在厨房里。不过当我生病时，他就不愿意留我下来；而我无处可去。我察觉到这让她承受了很大的压力。她将我安置在浴室里，尽可能让热水流动，然后要我待在蒸汽弥漫的浴室里。

"这对你的肺部比较好。"她说道，然后离开了，但我很清楚，她只是不让他看到我。

"玛丽安，那个小女孩会让我生病。"

我坐在浴室的塑胶小凳上，听着他们的谈话声。

"马素德，那不会怎样的，就一个晚上而已。我不会让她碰任何东西的，很快就没事了。"

"我连想在自己家里清静一下都不行？我在家里还得担心细菌和这些狗屎？"

"拜托，她只是个孩子。这对我们没有伤害，很快就没事了。"

"你已经延迟晚餐时间了！就因为你照顾这个小女孩。她可是来这里帮忙的！"

"拜托，那是当然的，她是在帮我的忙，她明天就会继续帮我。没事的。"

谈话声停了下来，我知道她快步闪进了厨房里。我仿佛看到她坐在炉子前的地毯上，像个老女人一样，一边搅动着锅子，一边颤抖着。那是因为焦虑，她一直处于紧绷的状态，好像在等着一声令下，等着一声抱怨，等着自己的名字被喊起，等着自己的名字被指控般的语气喊起。也许她已经预知到这一点，也许她已经知道那天晚上会出事,也许只有我感到惊讶。

浴室里的蒸汽与热气开始消散,但我仍然不敢动弹。我待在原地,缩着身体。我听见他坐在那儿,翻阅着报纸,听见她将油布扔在地毯上,听见她摆出餐盘与餐具。我听见他们坐下来,开始吃饭。我明白了,她不会到浴室里将我弄出来。我的指甲早已开始发紫,我咳到胸口发疼。我打开水龙头,希望水能够再度变得温暖,但它无比冰冷。我关上水龙头,又坐回板凳上。我全身颤抖,因为发烧感到天旋地转,我不知道自己该做什么。我只想要回妈妈家。我想回家,窝在厨房的地板上,躺在爸爸的病床边,听他说故事,听他说关于土地、关于爱情的故事,关于爱情。

我记得,我开始生气,对自己的姐姐感到生气。我记得,这种情绪完全控制了我。我站起身来,打开浴室的门,全身赤裸、不断地咳嗽,直往外冲。玛丽安和马素德放下手边的餐盘,惊讶地抬起头来。我想,当时我们都被我胆敢做出的事情震惊了。我们就站在那里,一语不发,望着彼此。我继续冲向自己位于客厅一角的抽屉。我背对着他们,从抽屉里取出自己的毛巾,企图找衣服穿。我咳嗽咳到流泪,什么也看不清。当时的我沉浸在自己的迷雾中,对自己惹出来的事情感到害怕。

我背后一片沉默。沉默,一片死寂。随后我听见他起身,将汤匙扔在餐盘上,走向玄关。他披上大衣,狠狠甩上门。我不敢转身。我用颤抖的双手套上长裤，将一件长袖衬衫套在头上，然后把抽屉旁卷成一团的床垫摊开，从柜子最底层的抽屉里拿出我的毯子与枕头。我将床位铺好，躺了下来，始终背对自己的亲姐姐。她仍然没有起身，她完全不敢发出任何声音。我为自己感到可耻，我为自己对她所做的事感到可耻。我当时觉得自己没有别的选择，但我知道，她也没有别的选择。

我陷入半昏睡状态，几小时以后，我被一道撞击声惊醒。我猛然起身，房间里一片漆黑。突然我听见咚的一声闷响，以及又一次撞击声。声音是从卧室里传来的。我奔向卧室的房门，将耳朵贴在门板上偷听。撞击声接二连三地传来，但这是我唯一能听见的声音，我只听见撞击声和沉重的呼吸、喘息。我小心翼翼地将门板微微推开，从门缝中窥探。她躺在地板上，我无法看见她的脸。他压在她身上，用坚硬的脚猛踢她柔软的腹部。她一动也不动，安静地躺着。我想要放声尖叫，但又忍了下来。我小心地带上门板，躺回床垫上，用枕头掩盖住自己的咳嗽声。她已经死了，这我很确定。他已经杀了她，也许会一并将我杀掉。

大约一分钟以后，卧室的门板被甩上，我听见他经过的声音。他再度走向玄关，消失在夜色中。我飞快地站起身来，奔进卧室，扑倒在她身旁的地板上。

"玛丽安，玛丽安，玛丽安！"

她没有回答。她的双眼紧闭，双颊一阵红、一阵黄，差不多已经被打得发紫了。我将手指伸到她鼻子下方；当我们想检查沉睡中的婴孩是否还有呼吸的时候，会将手指伸到小孩的鼻子下方。最初我没有感觉到她的呼吸，不过，之后我还是探到她的鼻息，非常微弱，但她仍在呼吸。她还活着。我再度起身，冲进厨房，装了一碗冷水，取下挂在厨房钩子上的毛巾。我在客厅里犹豫着，是不是应该把大门锁起来，让我们能稍微清静一下，稍微争取一点时间。但他盛怒的样子在我心里留下的印象太鲜明了，我不敢锁上大门。我掉头奔向玛丽安，用在冷水里浸过的毛巾擦拭她的额头、双颊与眼睛。从我灼热的脸颊上滴落的汗水、沿着我喉咙滑落的泪水，最终与冰冷的水混合在一起。

"你睁开眼睛吧，"我低声耳语着，"玛丽安，你行行好，睁开眼睛吧。"

最后她终究还是醒过来了。她用那双美丽的绿色眼睛凝视着我，我们沉默地凝视着对方。她从我手上取来毛巾，将它浸在盛着水的碗里。她举起手臂，呻吟了一声，擦拭着我灼热的额头；我的身体缩成一团，贴近她身边。我们就这么躺着，直到那一夜过去为止。我们都没有入睡，我们只是躺在彼此身边，睁大眼睛凝视着，警惕地等他再度回来。

当我回家过年时,我把玛丽安和她丈夫的事情告诉了我爸。我提到他虐待她,而她的回应却是更多的体贴。我希望我爸跟她谈谈,教她吼回去,要她结束这一切,重新来过。

我躺在地毯上,头枕在他的膝上。他将水烟管夹在手指间,缓慢地转动着。

"女儿啊,爱人比被爱更崇高。"

我难以置信地望着他。就这样?他难道不准备为我们家的荣誉挺身而出吗?他难道不准备保护玛丽安吗?

当时我妈正站在厨房的炉边,我爸瞄了她一眼。就算我还只是个小孩,我仍然理解这一眼的含义。我妈紧绷、脆弱的背影,她那张不愿意露出微笑的脸,都让我明白了,他爱她而她却不爱他。

当时我就决定,这可不是我想要的。我知道自己想要被爱,而且时时刻刻都要感到被爱。爱人是非常麻烦的,而且只会让你失望。

前几天，雅兰让我看了一篇文章。我朝天翻了个白眼，这又是一篇她实际上想要跟马素德分享的文章。可是现在就只剩下我了。她只剩下我了。很快，她的双亲可就都不在人世了。可怜的孩子。

我们怎么能这么对她？她这个小小的累赘是我们的一切，取代了已经消失的一切。想想看：如果我们当初就知道会变成这样，如果我们从一开始就知道会变成这样——我们会切断她和我们的家族、血脉的联结，将她带往远方，然后死去，遗弃她，徒留她一人在一个不属于她的国家里。这的确不是她的国家。不管她已经变得多像瑞典人，甚至已经是个瑞典人，这里没有人会照顾她，没人会像我们那样爱她、照顾她。这就是我们对她做的事。

我现在会反思到底什么才是最重要的？是自由与民主，还是爱你的人呢？我说的是那种会在你死后照顾你的小孩的人。

那篇文章的主角是一位已经逝世的人。当察觉到这一点时，我很生气。她为什么让我看这种文章？她为什么不努力保护我？我还不想死啊！我真想对她尖叫，你为什么让我面对死亡？

逝者是导演奇亚罗斯塔米，马素德的偶像。他得了癌症，就像我一样。这带给我某种形式的慰藉。我不能告诉她自己的想法，但这的确是我首先想到的。以失去尊严、没有头发、身体被啃噬殆尽的姿态来面对死神的，并非只有我一个人。我们当中，没有人拥有不死金身。才华、赞誉、钱财都保护不了我们，癌症面前人人平等。

"我实在没想到，一切居然这么快就结束了。"她说。

她的声音沙哑。我听见她努力抑制自己，压制自己的情绪。

"我本来还以为会有更多的时间，在一切都结束以前，在大家都消失以前，在一切都……没事的，妈，一切都会好转的，会来得及好转的。为了爸爸，也为了你。"

这时她哭了起来，不是安静地流泪，而是像个孩子一样哭了起来。她打着哆嗦，涕泪纵横。

"我不能理解，为什么得用这种方式结束？为什么我们永远不能好好生活？生活得安静一点，清闲一点。我总以为他会好起来的！他会好起来的！然而现在呢，他已经走了。"

她趴在沙发上，脸颊埋在双臂里。我拖着蹒跚的脚步走来，抚摩着她的头发。

"你就哭吧。"我说，"亲爱的，你就哭吧。要不然你还能怎么办呢？哭吧，哭吧。"

我感觉她的身体放松下来，她稍微摆脱了全身上下的重担。她内心的某个点打开了。我继续抚摩她的头发。

"妈妈，我不理解为什么一切都会消失？为什么大家都会消失？我不能理解。我该怎么做呢？妈妈，所有东西都会消失。我感觉自己好像飘浮在空中。我不能理解，为什么所有东西都会相继消失不见？"

我将手从她身上抽开。我不是刻意要这样做，但我似乎无法继续将手搭在她的身上。我希望她哭泣，我希望她感到悲痛，我希望她哀悼我。但我不希望她自怜自艾，为自己的命运感到悲痛。我们费尽一切努力，就是要让她享受成果的。我们失去了一切，但她得到我们曾经希望能拥有、曾经视为理所当然的一切——自由、机会、人生。她得活下去。结果呢？她居然倒在这里，自怜自艾。

我想要告诉她：一切都会消失，所有的世界、所有的人。亏你还是难民，是躲避战乱的孩子，就算其他人不懂，至少你应该要懂。你以为这些只适用于别人身上吗？你以为我们能够淡忘这些事情吗？你以为这是躲得掉的吗？你去翻翻历史书吧！一切都会消失。所有的人、事、物都会消失，世界将变得截然不同。这就是你生命的起源。这就是你身上所流动的血液。这需要花费好几代人的时间，才能将之替换。数千年的战争、暴动与混乱必须经历好几代人，才能换来瑞典的和平，换来一个稳定的瑞典社会。

"就是这样。"我只是这么说。我的语调很生硬，但我无意改变。

"就我的记忆所及，所有人、事、物都会消失。只要你还活着，你就会经历同样的事情。"

不过，当她离开后，我拿着那篇文章，站到了窗边。那是从互联网上摘录的文章，她先将文章打印下来，然后带过来。她这么做是为了我，也是为了她自己，因为这对她来说很重要。她想谈谈这件事。她希望能从我这边得到某种慰藉。因为奇亚罗斯塔米死了。我望着手中的纸，望着那张模糊的照片，读起纸上的文字。那是英文，不过我看得懂：

> 一棵树是扎根在土地里的。如果你把它从一个地方转移到另外一个地方，它就不会结出果实来。如果我离开自己的国家，我就会变得像那棵树一样。

我的肚子上仿佛被擂了一拳。我不知道，我不理解事情会是这样，原来会变成这样。消失的人、事、物太多了。我还心想，她本该理解的。而我已经很久没有这一层体悟了，我直到刚刚才了解。

在癌症发生以前，在这一切发生以前，我也曾站在自己公寓的窗户边。户外又冷又黑。当时的我觉得自己真不快乐。我的肩上披着夹克，双手握着茶杯，听着自己在黑暗中一呼一吸，一声接一声，相当平稳。手机在我身旁的窗台上响起，是雅兰打来的。我决定不予接听。我想留在属于我的片刻之中，把茶喝完，吞一颗安眠药，然后就寝，留在自己的世界里。我还这么想过，我真这么想过：如果我不接电话，不给她将某件事情做完的满足感，就会让她更想我。我要她一整晚不断地想起我，让她纳闷我到底怎么了，让她想到我得再打给妈妈。所以当她第一次打来时，我没有接听。不过，她再度打来。我望着电话，让铃声不断地响。最后，我还是接起来。我听到地铁车厢的声音，以及各式杂音。

"不要在周围这么吵的时候打给我！"这是我的第一句话。

她陷入沉默。我相信，当她听见我的话时，听见我的语调时，听见我的时候，很想要挂电话吧。她当时一定觉得，从我这里是得不到任何帮助的。

"喂，喂，你还在吗？我什么都没听到。"

她下定决心，再试一次。

"妈，有不好的事情发生了。"她说。

不知道为什么，我心中竟然不为所动。我应该要被打动才对。我应该要感到不安才对。我应该要感到害怕才对。我应该要做出某种反应才对。不过我完全不为所动，毫无反应。

"哦，怎样？"

我听见的，只有地铁站震耳欲聋的噪音。所以我继续说下去：

"明天再说吧，我明天打给你。"

我挂上电话，再度望着漆黑的屋外，视线掠过湖边，探向森林。有什么事情可以这么悲惨？肯定什么事也没有。

当我关上窗户，准备上床的时候，她再度打来。我知道自己叹了一口气，朝天翻了个白眼。但是，我再次接了起来。这次我接了电话。我正想说一些将会让一切变得更糟糕的话，但我还没来得及。

"爸爸死了，爸爸死了。"

她当时想必是站在一条寂静的隧道里，听起来好像有回声："爸爸死了，爸爸死了。"我不知道她是否还说了些其他的话，我不知道自己当时是否还说了些什么，我不记得了。

我只知道，当时的我心想：我们逃不掉的，我们躲不掉的。我们这些不想死的人，我们这些就是不愿意死的人。

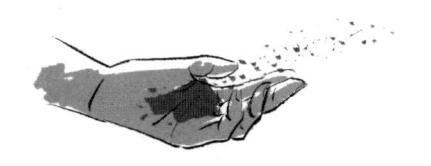

我知道她就在房里。我知道她找到我了。某个邻居打电话给她，告诉她，她妈妈被救护车接走了。她打电话给各大医院的急救部门，然后找到我的位置，并且来到这里。我无力睁眼，不过我感觉到，她就待在床角边，坐在一张板凳上，身体微微向前倾。她从来不会坐在那些有椅背的便携椅上。她从来不会向后靠。是的，我知道她身体微微向前，坐在那里，守护着我。

　　我听见户外的鸟鸣声，感受到从窗口透进来的暖风，爱抚着我的身体。我知道她穿着亚麻布睡衣、阔脚裤与高跟鞋，我能听见她鞋跟触地的声音。她很小心，尽可能安静地行走，但仍然会发出声音。她很焦躁不安。她不希望我继续活下去。她希望我两腿一蹬，早日归西。这样一切就结束了。痛苦总算可以画上休止符了。对我是如此，对她也是如此。

难道我就不能双腿一蹬,早日归西吗?我也这么希望啊。我的身体已经麻木。我想要活动一下身体,转身侧躺,却完全无力控制。我听见她起身,听到钢质板凳剐擦地板的声音。她注意到我企图活动身体。她握住我的手。

"妈妈,"她说,"妈,我在这里。我在这儿,妈妈。我不会离开你的。"

她的声音颤抖着,仿佛随时都会碎裂。

"妈妈,妈妈,妈妈。"

她跌在床边的地板上,用双手握住我的手。

她开始安静地唱起歌来:

请带我一起走吧,我已经准备一起走。

又是古许的歌曲。我试着握住她的手,但我的手不听使唤。它不听我的使唤,它一动也不动,全无反应。它被她的手握住,简直已经死透了。

最后一首诗,是我最后的旅途。我死亡的时刻,就在刹那之间。

我真想叫她闭嘴,别唱这首歌。她又不会死,她不会跟着我。她会继续活下去，会活得够久。我想让她搞懂这一点。如果她不继续活下去，一切就都完了。她安静下来，或者说，是我睡着了。

当我睁开眼睛时，雨点正拍打着窗棂。想必已经是新的一天了。她穿着一件宽松衬衫，脚上套着运动鞋，坐在床边。她的脸上并没有化妆，头发随便地绑着。

"你怎么变成这个样子？"我用粗哑的声音说道，"你在你妈面前都不打扮一下的吗？"

她轻笑一声。那是一种觉得这不好笑，但又无能为力的笑声。她按下铃，要护士进来，然后坐到我身边。

"妈，你感觉怎么样？"

我喉咙里的硬块正在爆裂，我真想尖叫。尖叫！大声喊叫，求助，把让我到这里来的原因狠狠咒骂一顿。我真想纵声大吼大叫。可是我的嘴巴很干燥，我没力气尖叫。我摇了摇头。她握住我的手，眼神转向别处，转向窗外，望着不断拍打窗户的雨点。

是化疗药物，它们正在瓦解我的身体。我发着高烧，身体某处感染发炎了。他们通过皮下注射的方式，将抗生素注入我的血液中。是抗生素，以及我也说不出个所以然的某种其他药物。我身上插着、连着一堆管子，对此我一无所知，束手无策。

"我也是护士。"当那名护士进来测量我的血压、检查我的脉搏时，我这么说。她正在我那条残破不堪的手臂上扎针，我只是想让她知道，只想让她知道：我可是内行人。我和她是平等的，我可不是一个只能被动接受她的医疗措施、乖乖等死的受害者。她露出微笑。

"真棒！"她只说了这么一句。

结束后，她吹着口哨，收拾好自己的东西，将手推车推到我面前，招了招手。

"医生很快就来。"

雅兰以空洞的眼神注视着她的背影。我心想：不知道雅兰下次吹口哨会是多久以后的事了。她得等上很久，才会再次发现有趣的事情。我突然意识到，我正在下沉，而且将她一并拖下水。

"她肯定是要去约会。"我说，努力摆出高兴的样子。雅兰吃惊地望着我。过了几秒钟以后，她才回我一个微笑，我也回了她一个自觉真诚的微笑。

"这里也许有个患了前列腺癌的帅老头想要跟我喝咖啡。"雅兰笑了起来。她的笑声使我感到心头一阵颤动。

"我看走道上有个家伙超像博斯布兰[1]……他很像没有头发的博斯布兰。"

---

[1] Mikael Persbrandt，出生于1963年，瑞典电影及电视剧演员。

她朝我眨眨眼。

"哎哟,我还宁可等本尊出现。"

我俩坐着,望着对方,微笑片刻,没有动作,也没有言语。我们就像小傻瓜一样呆坐着,对彼此微笑,直到我感到厌倦,将脸别开。

克里丝蒂娜进来时,显得忧心忡忡。

"我们暂时停止使用化疗药物。"她说。

"这又是什么意思?"雅兰问道,"那你们会改用什么药物?"

"什么也不用。"她回答道,"她的身体现在承受不了这些。"

"那这不就等于,她现在没有任何治疗吗?这意味着,癌细胞可以自由生长了?"

"这个风险确实存在。"克里丝蒂娜回答道,"但如果我们继续使用化疗,这些药物会要了她的命。我很遗憾。"

然后,她走了。屋外原本就已经气势汹汹的大雨将窗户敲打得更加响亮。我俩都将目光投向窗棂。雨点愤怒地奔向窗户,击中窗玻璃,再滴落下来。雅兰在那张小书桌前坐定,手上抓着一支笔,发出沙沙声。我料想她也许是在画画,但我耳里只听见沙沙声。

"停！"我说。我肯定是用吼的，因为她不胜惊讶地望着我。

"如果待在这里是这么无聊，请你离开。"

她睁着那双深色的眼睛，像个受到惊吓、备遭打击的小孩般望着我。噢，我的孩子。

"你出去，这样对大家都好。我累了，我得睡了。出去。"

她像瘫痪了一样，静坐不动。

"假如你有时间，我们明天再见。现在已经没有什么可以做的了。你听到了吗？"

雅兰迅速地收拾自己的东西。她想必一直很期待能够离开，能够被释放。

"你这么赶时间？"我问道。她僵住了。

"妈，你希望我留下来吗？如果你希望我留下来，我就留下来。"

我心想：她说谎。要是这样，她才不会作势要离开呢。

我这辈子剩余的时间仿佛都要躺在医院里了。我发烧到四十摄氏度,没人有能力退烧。我的脑海中出现了幻觉。不管那到底是什么,我觉得那是幻觉。可是,我们不是一直生活在幻觉中吗?我们都通过厚重的滤镜看世界。我们是否曾经真正体验过任何事物?某个真实存在过的东西?癌症。我想,这就是癌症了。但同时,它又似乎不是真实的。我为什么要开始接受化疗药物呢?当他们说"你会死"的时候,我为什么不带上所有的钱,远走高飞呢?我还可以活很久,过着奢侈的生活。我可以带着雅兰。我们大可以到夏威夷去,坐在柔软的太阳椅上,畅饮大杯啤酒,每天享受按摩。我们大可以到纽约去,住在五星级酒店里。我们大可以到拉斯维加斯去,上赌场玩一把。当我感觉到末日逐渐逼近时,就可以跟她说再见了。我会把她支回家去。我们会拥抱彼此，深情地吻别，而我的知觉也都还是完好的。然后我可以买一辆老式敞篷车，开进得克萨斯州，深入沙漠之中。最后我可能找到一座山，把车开上山去。我随身带着一瓶干邑酒和一包香烟。我坐在悬崖边上，摇晃双腿，喝了酒，抽了烟，引吭高歌，然后我会坐进车内，脚踩油门，振臂高呼，加速直冲。我高声尖叫，全速冲刺。车身已经脱离地面，飞入天空，我也飞了起来。我尖叫着，飞翔着，生命在此达到最美丽的境界，然后画上句号。

我完全可以这么做，将生命加速燃烧殆尽，纵情活上一回，然后结束。不过我错过了这个机会。

他们说，你得了癌症，你将会死。我选择对抗死亡，而非将生命最后一点内容挤压出来。我并不是特别理解自己为何选择这条路，但假如我可以重新选择，我恐怕还是会选这条路。我意识到了这一点，我意识到自己其实更怕死，反而不那么害怕活得不好。我心想：我一直都是这么一个人。这就是为什么我在那间审讯室里背叛了一切，背叛了所有人，成了叛徒。而我的本性在病房里仍然不变。我更怕死，反而不那么害怕自己没有好好活过一回。如果这不是幻觉，那我可就不知道什么是幻觉了。

感染的地方已经痊愈,我很快就可以出院了。我不想要这样。我不想回到家,孤身一人。对,就是这么简单。我在医院里过得比较开心。与自己家相比,我和快死的人及疲累的护士们在一块儿过得更开心。人们还会到医院里来探望我。有人住院的话,你就得来医院探病。但我一旦回到家,所有人都会认为,我生活可以自理,没问题了,所以我想留在医院里。

我已经告诉过克里丝蒂娜了。我觉得自己还不够强壮。她握住我的手,坐在我身旁的椅子上——医护人员很少这么做,通常他们只是站在一边,低头察看。她握住我的手,用柔和的声音说:

"我了解。不过我得说,现状恐怕就是这样了。其实,你永远无法像以前那样强壮了。"

即使我的手臂上插满各式各样的软管与针头，我还是想要举起手来，狠狠打她的脸，好好赏她一巴掌，让她双眼发黑，脑袋哐啷作响。怎么能对另一个人讲这种话呢？你怎么能把一个活人送出医院，然后讲出这种话呢？我想对她说：我比你所想象的还要强壮，但这对我没有帮助。假如我这么说了，她就会将我直接塞进医院为患者提供的代步用车，把我送回家去。而我也不知道自己是不是真的这么强壮。

我始终相信、始终认为，我比人们所以为的还要坚强。但我现在开始感觉，情况正好完全相反。人们觉得我总是能够死里逃生，存活下来，不过他们错了。我很害怕，非常怕死。我比过往任何时刻都还要害怕，恐惧程度远超过去对自己的认知。我觉得自己会遭到迅速、沉重的一击。头部挨上一颗子弹、一场车祸、狠狠一棒、一声枪响，一切就结束了。这是我心里所预备的死法，而不是像现在这样——等待，等待。距离我收到医生诊断，他们表示我会死掉，已经过了一年。已经过了一年，而我可能至少还要再等上一年。再过上一年，每天早上醒来时想着我要死了的日子。在不久后的某一天，就像今天一样的某一天，我就要死了。

这不符合我所预想的，不符合我对人生的预期——这样漫长地等死。

雅兰之前已经说过，我们要去参加音乐会。她已经做了计划，买了票。我不知道她是从哪里得到这个主意的。她的想法是，在我消失不见以前，我们得一起做点这类活动，美丽优雅的活动。但我正陷入与肿瘤和细胞毒素的对抗中，不知道自己有没有体力。我不知道自己想不想去。

"妈妈，你现在可以的，"她说，"你可以一起来。"

她知道克里丝蒂娜会核准我出院。她对此感到很高兴，认为这意味着病情还是充满希望的。

我想要说，你又懂什么呢？你们当中又有谁了解我心境的转折呢？

"我们会叫好出租车，直接开到目的地。音乐会结束以后，我们再坐出租车回家。你只需要走几十米，这不会是什么大问题。你可以的。"

你可以的，你可以的。我听起来好像是个两岁小孩，而她努力想让我坐上马桶。

"我不想去。"我说，"这是我在医院的最后一晚，我想要留在这里。"

"可是，妈，音乐会就是今天晚上，就是今晚。那是不能改的。而且谁知道……"

"谁又知道什么！"我生起她的气来，"谁又知道以后会不会有机会？谁知道我明天会不会死？"

她抿着嘴唇；当她受到伤害的时候，就会做出这样的反应。她以为自己已经掩饰得很好，但我还是知道她心里是怎么想的。我看透了她的情绪，就像观察冬夜的月影一样清楚。不只是清楚，实在太清楚了。我想告诉她：你还不太会装，你装得还不够像。我不想看透你所有的情绪，这你难道还不懂吗？我自己的情绪已经够我受的了。我不希望你站在这里，用你的眼神来怪罪我，将耻辱投向我。你觉得很受伤？你受伤了？这我才不管呢，因为我快死了。我快死了，你还要继续活下去。懂吗？我想怎么对你，就怎么对你。

"现在，出去！"我只是这么说，"我不去。"

她紧绷的肩膀一沉，走出了房间。我抱住那只她买给我的蓝绿色花纹枕头，闭上双眼，任凭泪水浸湿枕头。

克里丝蒂娜敲了敲门，探头进来。又来了，这是今天的第二次了。我只想图个清静。

"你们真有这么多资源吗？"我问道，"我到底是做了什么，值得受到这么多关照？"

随后我想起自己是在医院里，以及正在发生的事情，便坐回床上。

"你收到检查结果了吗？"

今晚，也许今晚我就会知道一切是否真的要结束了。也许我可以请他们举起手枪，将子弹送进我的脑袋里。要是检查结果够糟糕，这么做根本就不算犯罪。我自己从来不敢这么做；这一点，我是知道的。

"我在电梯里遇见你的女儿。"她说，"她很激动。"

我吞了一口口水。

"你的工作不包括跟我谈这种事情，去找心理辅导员过来。"

我停了一下，绷紧嘴唇。

"让心理辅导员去跟我女儿谈。"我继续说。

她皱起眉头看着我。失望，她很失望，不是针对我病患的身份，而是对我作为一个母亲的表现。

"娜希。"

我很讶异，她居然记得我的名字。她把我当成一个人，而不是一只装着大量细胞群与不断扩张的毒素的容器。

"我知道这很痛苦。"她说，"我知道，这很不公平。我能理解你很生气。我能理解这一切，关于你选择如何生活。对于你做出的选择，我无能为力。我的工作是抑制癌症，尽可能减少你的痛苦，仅此而已。所以，我只能这么说，我建议你至少尝试一下，至少尝试让这些日子变得有意义一点——跟你至亲至爱的人交流，做点有趣、愉悦的活动。娜希，作为你的医生，我会这么建议你。因为这样一来，你的精神和体力会好一点。你懂吗？而这也是我们大家所乐见的——让你的精神、体力都好一点。这样能撑得更久一点。"

"我为什么要撑下去?"我回答,"这又有什么差别呢?我能多活几天、多撑几天?为什么就不能一了百了?我为什么得继续活下去?我死定了!所有人都知道我死定了。我为什么得继续活下去?"

"娜希,"克里丝蒂娜说,"我们大家都会死。我甚至很有可能比你早死。你了解吗?你女儿随时都可能会死,交通事故或者某种不明原因。我们不知道,我们什么都不知道。但要是她真出了什么事情,活下来的你就会记得你对她所说过的最后几句话。我只是医生,但我可以跟你保证,那比癌症还要糟糕。"

人们完全可以说,我是个以自我为中心的人。有人可能会说:"娜希,你可真够自私的。"而我会痛恨那个人,我会大哭大叫。我会这么说:"你知道什么?你又知道我以前经历过哪些事情?你知道我有多么孤独吗?你知道人们用多么自私的方式对待我吗?"我会这么说,而那个人将会更加讨厌我。他们会说:"你是在顾影自怜,你是在自怨自艾,这样也是另一种以自我为中心。你为什么要因为别人对你犯下的错,去惩罚那些无辜的人?你难道不理解,你所做的正是让苦难随着时间的流逝越传越广?你是在延续苦难,让它活得比你还久。你不懂吗?你希望这样吗?你希望自己留下无尽的痛苦,让你的孩子延续你的痛苦?"我会用阴沉幽暗的眼神瞪着那个人,简洁有力地回答：

"她凭什么能幸免？"

我不动声色，直到克里丝蒂娜离开后，我才撑起身子，伸手取来手机。"我会一起去的。"我这么写道，然后，我就躺回床上。

"我这么做是为了雅兰。"我在心里高声对自己说。

不过实情并非如此，我这么做是为了自己。因为医生是对的，你伤害别人的时候，自己也会觉得痛苦——因为被伤透了，别人就会弃你而去。这是最糟糕的，孑然一身、无人闻问。我不想变成这样。我希望她会来，会站在我的身边，所以这次我就顺着她的意思。

手机哔哔响起。"太好了！我来接你。"她写道。她会过来，这就是我想要的。我任由双眼紧闭，沉沉睡去，而不是继续斗争下去。我会安静地休息，同时任由肿瘤继续侵蚀我的身体。

在昏睡中，我想到，这就像一场强奸。我被迫经历自己感到最害怕的事情：某个未知、讨人厌的事物挤进我的身体里，将它占为己有，然后留下一团永远无法理清的混乱。我想我已经打输了这场身体保卫战，但也许这场战争在我刚出生时就已经输掉了——又是个女孩，又一次失落。

现在，我们再度坐在车内。她握住我的手，我们望着窗外，望着海滩路[1]与海景。我本来希望能看到海水闪闪发亮的景致，不过，眼前没有这种景致。窗外一片昏暗，风愤怒地刮着。

"快下雨了。"我说。

"没有关系的。"她回答。

车子停在名为"马戏团"的剧院前。人很多，我屏息凝神。我很久没见过这样的人潮了。她从外面拉开车门，不过，我犹豫起来。

"我不知道我撑不撑得住。"

她抓住我的胳膊，将我拉出车外。她很小心，不过力道比我

---

[1] Strandvägen，位于斯德哥尔摩市中心东区的街道，为全国最精华、高档的路段之一。

想象的还要强硬。我任由自己被拉动,双脚颤抖着。她的朋友们从某处现身,加入我们;她们用充满悲悯的眼神望着我,我则别过脸去。她们当中完全没有人知道该跟我说什么。我坐到柔软的椅子上,音乐就在这时响起,我仿佛被某种活物围绕,仿佛沉浸在暖热、美好、某种像母亲的双手一样柔软的事物之中。是音乐,它的曲调富有波斯色彩,而那个走上舞台的女生就像童话中的小精灵。她叫蕾拉,她就像四月暴雨中,一朵属于春季的盛开的郁金香。她开始说话,她的声音喧喧作响,像夏季柔软的雨点般敲打着我的鼓膜,将我带回已经逝去的时代与情景中。雅兰仍然紧握着我的手。我第一次感受到,没有关系,死亡并没有什么大不了的,等着我的是温暖——爸爸的温暖、马素德和娜拉身上的余温。我感觉娜拉在等着我。我沉入柔软的椅垫里,感觉自己露出微笑,感觉自己握着雅兰的手,就像那只母亲的手一样柔韧。她望着我,即使周围一片昏暗,我还是看出了她的惊讶。我的温情使她感到惊讶。

我不知道究竟是我的温情发挥了影响力,还是我和雅兰一样,对昏暗的环境和站在舞台上的女生产生一种安全感。我希望是我的缘故,希望是我抚慰了她的哀伤。不过恐怕是因为音乐吧,还有诗篇。她是我的女儿,她是在音乐和诗篇中长大的。音乐与诗篇给了她慰藉,带给她养分与空气。但是我给了她音乐,我为这一点感到开心。至少,我给了她音乐。现在舞台上的女生唱起歌来。她就像我女儿一样，都是躲避战乱的孩子。她的话语带给雅兰活力。她歌唱的内容是关于那些英年早逝的人，以及那些仍想力挽狂澜、不愿意放手的人。她唱道："那些年纪轻轻就逝去的人。"雅兰喊了一声，轻微、非常轻微地喊了一声。她低下头去，颤抖着。我知道，我的女儿正在哭泣。噢，我的小宝贝。她像个小婴儿一样哭泣。她像个小婴儿一样抽泣着，哭着，颤抖着，而我知道为什么。我知道行将就木、快要一命归天的人是我，她会被留下来。我知道我会离弃自己的孩子，而她将会失去自己的母亲。我更用力地握住她的手，靠回椅子上，轻轻地摇曳着。就是这样，我将会死去，我的孩子将会失去母亲。顷刻间，这种感觉很好，仿佛事情本来就应该这样。

夏季再度降临。四月变为五月，五月转入六月。他们再度在下方的草坪上立起一根柱子，身穿碎花洋装，高兴地喊叫着。我一如往常地望向窗外，茶杯放在身旁。我在玻璃窗中的身影引起了我的注意，我望着自己，非常仔细地检视。头发长回来了。我已经停止使用化疗药物达三个月，肿瘤并没有再找上我。我恢复健康了！周一，我就是这么告诉克里丝蒂娜的。不过她并不同意。

"我们再看看，娜希。"她说。

我不敢提出更多问题。

"谢谢。"我反而这么回答。她对我点点头，露出轻柔的微笑。

"仲夏节快乐。"

"谢谢！我会跟我女儿、她男朋友和他的家人一起过。"

我犹豫了一下，不过还是说出下面这一句话。

"这是一项传统。"

我并没说这只是第二次，我要是这么说了，我们会再次开始讨论时间问题。我们可能会谈到，这也许是最后一次。一件才经历过两次的事情，怎能算是传统呢？

我买了一件新洋装，那是一件绘有大红花图案的洋装。它被挂在浴室的门板上，而门廊边则摆着一双红色凉鞋。我对此充满期待。我想要坐车，出去玩，一路行驶，经过湖边、桥梁和岛屿，经历一切美景。我要为自己创造美好的回忆。我要沉浸在美景之中，在心中留下一点美好的事物。

我在镜子前打扮着装，并取出口红。我相当仔细、缓慢地擦着口红。今天，该穿的、该戴的都不能缺。至少在今天，我可不是病患。至少在今天，所有的迹象都指出：我可以好好地活着。我感觉自己获得了重生。

我很快便察觉到，情况不太一样。他们一起搭电梯上楼，按下门铃。她手上抓着汽车钥匙，不断地转动着、把玩着、摇晃着。我不想叫她住手，因为我今天没生病，但是，最后我还是被惹火了，我吼了出来：

"不要再摇了！"

她一受惊，钥匙就掉到地上，他用阴沉的目光看了我一眼。我背对他们，走向电梯。我听见他们并没有跟过来，而是站在原地耳语着。他在安慰她。我心想，她生病了。今天的我是健康的，而她已经生病了，铁定是癌症，绝对错不了。我把癌症给了她。今天的我是健康的，而她就快死了。万一我成了那个可以活下去的人，而她快死了，将我留下来呢？这个想法比我过去经历过的所有事物更可怕。

车内，大家一语不发。我本来期待的是轻松、诙谐的气氛，大家开开心心的，大家都高兴。我试图解读他们的背影。他看来一切正常，她看来是紧绷的。我试图找话说，想随便问点什么。然后，我意识到自己已经很久没有提出问题的需要了。她总是会提出所有问题，我只需要回答就行了。想问题还是挺困难的。

"工作怎么样呀，约翰？"我听见自己这么说。

我所想到的并不是这种问题，我本来也没有想要直呼他的名字。

他转过身来，看起来很高兴。

"娜希，我工作很顺利。谢谢！不过快放假了，这感觉真好。"

他没有再补充什么。我别过身去，朝天翻了个白眼——全是一堆人们敷衍彼此的空话，毫无任何意义可言的空话。

"你感觉怎么样？我听说你这星期跟医生谈过话，情况良好。"

我对他微笑，比出胜利的手势。

"我赢了！癌症已经退散了。"

她从后视镜望着我。

"我的意思是，至少肿瘤已经被除掉了。我身上没有肿瘤了，所以我身上现在没有癌症。这总是一件了不得的事情，不是吗，约翰？"

他伸出手，捉住我的手，将它握紧。

"娜希，这很重要。"

他眼眶中含着泪水，这我事先可没料想到。我没有想到他会在乎，会用这种方式表达他的在乎。

她清了清喉咙，再度从后视镜打量我。

"妈，我们打算在德西流咖啡店停一下，买杯咖啡，还有香草肉桂卷。你觉得呢？"

"今天？现在？现在是仲夏夜，他们开门吗？"

"开的，我已经打电话问过了。"她说。

我不理解为什么这很重要，我们当中没有人那么爱吃肉桂卷。我说出了我的疑惑，她露出微笑。

"的确，这我知道。我只是突然很想要吃肉桂卷，而且上次吃已经是很久以前的事了，不是吗？那是什么时候呀？十五年前吗？"

我点点头，的确是十五年前。十五年前，我们在城里买了公寓，然后在买房的震撼中回到古斯塔夫堡，坐在咖啡店座椅上，点了奶油面包（当时是二月份），差点没有高声笑出来。我想我们当中没人想过这件事真的会发生，不过我们办到了——买了新房子（另一种形式的家），把一切都抛诸脑后。我们当时想的就像其他所有逃难、搬家的人们想的一样：我们终于要把过去的一切完全抛到脑后了。事情当然不会那么简单。不管你逃了多远，过去的一切都会追着你不放。但我们为了自己的快乐，以及人生新章节即将开始的事实，还是庆祝了一下。

我本想说，距离我们上次一起度过的快乐时光，已经过了十五年。但这在我脑海里听起来很悲怆，因为我不确定我们是否能再度享受快乐的时光。你总不能在重新体会到快乐以前就说，我们上回感到快乐已经是十五年前的事了。我想，这会不会才是最大的苦恼：我们一再被提醒，过去比较美好，一再被提醒，现况其实可以更好，一再被提醒，快乐是如此接近我们，它其实唾手可得。

"很好。"我只是这么说。她的神情为之一松，她本来似乎以为我会纠缠不休。

我们在广场停车，然后走下车。周遭一片荒芜。这不仅仅是因为今晚是仲夏夜，更主要的是，这里几乎什么都不剩了：一家比萨店、一座咖啡厅，还有一家影片出租店（而现在在其他地方几乎都找不到影片出租店了）。这里没有空间容纳现在人们常去的那种店面：Rusta居家用品零售店[1]、Ica Maxi超市[2]、麦当劳。它们都盖在离这里很远、以前全是森林的区域。我很纳闷，他们怎么不把这些老旧的店面拆掉，用作别途。我想起我们曾经常常来到这里——在Domus百货购物，到邮局领取从伊朗寄来的大包裹，到社区居民康乐与活动中心看电影。我们借由这座购物中心，了解瑞典的生活。

"这里已经变成鬼城了。"我对她说，而她则握住我的手。

"我知道。现在，这里的事物已经截然不同了。不过这没关系，对不对？这并不影响我们。"

我意识到，我同意她所说的。这些跟我们没有关系。我们不在这里，我们很久以前就将这些过去抛诸脑后了。然后我才察觉到，她实际上另有所指。这种事情由于太细微而无法对我们产生影响。对失去亲人的人们来说，失去这样一个地方根本毫无影响。对一个行将就木的人而言，更是毫无影响。

我低下头，表示这还是有影响的。这对我是有影响的。一个你离开，甚至逃离的地方似乎不应该再对你造成影响，但它其实仍然会影响你。所有的失去，都会影响你。当死亡逐渐逼近

---

[1] 瑞典综合连锁超市，集建材、家具和生活日用品于一体，以物美价廉著称。
[2] 瑞典常见的超市，适用于家庭大型采购。

时,你不会想要感觉到,自己会继续失去某些东西。

我们走进德西流咖啡店,店内看来完全一如往常,玻璃柜里装着夹心蛋糕、冰激凌,以及香草口味的肉桂卷。玻璃柜后方的金发女生穿着同样的条纹工作裙。椅子上的红色天鹅绒布幔没换过,同样的布料、同样的椅子。它看起来有点破旧。当雅兰还小的时候,我们仅有少数几次出得起钱,买得起单价十五克朗的肉桂卷。当时这家咖啡店看来非常雅致、吸引人,而现在,它已不再那么吸引人了。

约翰走到柜台点餐,她则将我带往一张位于窗户边的大桌子旁。房间里没有其他人。一两名年龄稍长的男子坐在户外咖啡座,喝着下午茶。有人走进店里,要买庆祝仲夏节的夹心蛋糕。店内的光线有点暗,而我仍然搞不懂,我们为何要在此地停留。她坐在我的斜对面,他则坐在她身边。托盘上摆着两个香草口味的肉桂卷以及一块玛扎琳蛋糕。纸巾则和我们的咖啡杯一起端来。我望着墙壁上的大时钟,雅兰小时候的教室里,就常摆着这种大钟。

"我们已经跟你父母有约,我们不会迟到吧?"

"没事的。"

约翰瞄了她一眼。雅兰谨慎地摇摇头。她趋身向前,在他耳畔低语。

他清了清喉咙。

"娜希,有件事情我们想要告诉你。"

"噢,好的,请说。"我的心脏怦怦直跳,我感觉到了。这件事与生死有关。她得了病,现在就快要死了。

他再次看着她,她将眼神别开。所以,他再次清了清喉咙。

"嗯,娜希,事情是这样的。你……"

她猛然从椅子上起身,他惊讶地抬起头来。她看起来很想要拔腿就跑,我也有同样的感觉。我不想要留在这里。他们为什么将我带回这里?把我带回旧的记忆、令人失望的往事中,再追加新的、不快乐的事情。

他捉住她的手,牢牢地握住。她在他身旁站定。

"娜希,是这样的,你要当姥姥了。"

我眼前仿佛陷入一片漆黑。一开始我心想,是我听错了,他们是在开玩笑吧?还是说,他们想让气氛轻松一点?我眯着眼睛,望着他。

"你说什么?"

他犹豫起来,瞄了她一眼,但她将眼神别开。

"是的,我们有孩子了,你要当姥姥了。"

我猛力抓住桌沿。

"噢!"我惊叹道,"哦,天哪。"

我尝试站起身来,想要走到她的面前,但竟做不到。我的双腿颤抖着,感觉自己即将晕倒。我想说点什么,说点轻松的话。

今天真是个什么样的日子呢！充满生机啊。但我说不出口。我反而将头枕在手肘上，龟缩成一团。我泪如泉涌，泪水像布幔一样盖住我的双眼，我陷入自己的世界里，陷入自己罹患的癌症以及各种奋斗之中。我心想，这就是我梦寐以求的一切。原来我并不是个多余、没有意义的人。我并不仅仅是个背叛者，不仅仅是造成别人的不幸与死亡的原因。我想起我妈，她守在自己小公寓的电话旁边。我想，她总是等着最糟糕的事情发生。我想到她坐在地毯上，监视着大门口，守着电话机，还要不时起身，窥探窗帘后方的动静。我从来没有打那通电话。我从来没打过这通电话，说"妈，我得了癌症，我快死了"。而现在我将有机会打电话给她，告诉她："妈，我们家要生小孩了！"

我抬头望着他们。她再度坐回椅子上，他搂着她，双眼泛红。她在他的臂弯里，颤抖着。

"这是真的吗？"我问道，"真的是这样吗？"

她并没有抬头看我。她缩进他的胸口，哭泣着，但他点点头。他点头微笑着。

我用纸巾擦了擦脸，但泪水仍然流个不停。泪水无法止息。我这个将死的人，我这个将死、毫无用处的人，现在为了这个，我得坚持下去。

"谢谢。"我说，"谢谢。"

她不愿意正视我的目光，不过对此我并没有说什么。我站起身来，走到她面前，张开双臂抱住她。她的肩膀松弛下来，我感到她在我的臂弯里休息着。我将自己被泪水浸湿的脸颊贴向她的脸颊，又说了一声"谢谢"。我说："我会守着你，我会守着你的。"这时她再度哭了起来，张开双臂，搂住我俩。我们就坐在那里，成了一座"活人堆"。这就是另一种形式的人肉山，包括我、她、他，以及她肚子里不断长大的小宝宝。

小宝宝。这就是我所想要的一切。如果我能够得到这个，我就别无所求了。

"我会成为全世界最好的姥姥。"

她抬头望着我，直视我的双眼。她的眼神充满质疑，充满质疑以及其他那些永远不会消逝的元素：浮光掠影的天真、孩童般的稚气和她的希望。

她对我的希望。

我们继续前进，在这条已经来过无数次的道路上继续前进。我们掠过森林与沙滩。我们驶过动物岛桥，海水闪动着，在我的脑海里摇曳着。真是个美丽的地方，而今天，我是其中的一部分，属于生命与美好的一部分。我今天不会死。今天，我将会成为姥姥。今天我是无所不能的，拥有不死金身。我的腹部一阵抽痛。我努力对抗癌症，而这是对我的奖励。

我想到岛屿上的大树。我想到我的孙子孙女们的处境不会跟我一样。她将会是个有根的孩子，不用面对一盘散沙。她将在自己的出生地开展人生。随着时间过去，这些根底将深入地下。我心想：是我创造了这一切，是我确保自己的外孙们能够得到自由与根底，是我的逃亡将这件事变成可能。我将双手放在膝盖上，绞动着。我从双唇间吐出一口气，稍微将背板伸挺。雅兰再度透过后视镜望着我，我俩的目光交会，我看见她的微笑。

他的双亲还不知道她怀孕的事情,我们一起告诉了他们。我是告知这件事情的其中一人,这种感觉很好。这是我的孙辈,而他们已经有四个孙子孙女了。

"噢,真有趣。"他的妈妈说,就这么一句话。完全了解死亡的人与从来不害怕死亡的人之间的差别,也许就在这一点上。他们不知道生命的伟大。

我们坐在午餐桌旁,将葡萄酒倒进玻璃杯里,我请他们替我将酒斟满。我们干杯庆祝,我喝了一大口酒。我们纵声大笑,而我笑得比谁都要大声。但不久后,我就想要离开了。我想要走到沙滩旁、森林里,与我的思绪独处。我说:"我想要休息。"所有人都能理解。我脱下鞋子,将它们搁在浮桥上,我想用双脚体验一下沙子和石子。我走到海滩边,双臂环抱双腿,坐了下来。

这里有一座滑梯，去年我并没有想到这座滑梯。浮桥下方有一只篮子，而篮子里装着玩具，一辆玩具卡车从边缘探出来。我心想：我要去买水桶和铲子。我知道她会生个女孩，所以我会为她买一只水桶和一把铲子。那是一个可以取代娜拉位置的小女孩，一个可以填补空缺的小女孩。

当我帮忙收拾餐桌的时候，我发现了一件事。当时的我手上端着一个托盘，走在小径上，两旁是挺拔的树木。我很努力地表现出能干、健康的样子，这样我就可以不必再说自己没力气，不会将所有东西落到地上，让酒杯摔在石头上，砸个粉碎。我的目光聚焦在托盘上，但仍从眼角察觉到，有些事情不太对劲。我向后望，那些树根不见了。我转身望向另一端，它们确实不见了，通通不见了。地上的小木屑证实它们存在过，但它们已经被拔掉了。我放下托盘，蹲坐下来，用手触摸土地。只剩下土壤。我听见背后传来脚步声，他的妈妈在喊我，她问我："一切是否都好？"

"那些之前还在这里的树根，它们都不见了？"这是一个问句。我心想：她也许通过某种方式将它们移走了。它们都还在，只是不在这里。

"是啊，这样想必很不错吧。"她答道，"我们是在今年春天将它们清掉的。它们很牢固，所以这很费事。不过现在这样更好看吧？"

她停下脚步,我的眼神想必充满了疑惑与不解。

"是啊,而且我们不希望孙子孙女们被它们绊倒。"

我不知道该对她说什么才好,而她一定认为,我的沉默不语和我的健康状态有关。我蹲坐在地面上是因为我病了。

"你就把托盘留在那里吧!我会叫尼尔斯来收拾。"她一边说,一边从我身边经过,朝屋子走去。

我的目光一直紧随着她,直到那道红色的门在她背后被砰地带上。然后我用手指挖土,尽可能挖得越深越好。它们一定在那里,在地底下的某处。树根是不可能被拔起来凭空消失的,但我的手指碰触不到它们。

雅兰的腹部一天天地隆起，这真是我毕生所见过最美好的事情。我通常会请她坐在我身旁的沙发上，这样我就能触碰她的腹部。有时候，当她在煮茶或洗碗时，我会走到她身旁，撩起她的毛衣，将我冷凉的双手贴在她的皮肤上。我从她的眼神中可以看出，她对此感到很不自在。那是一种警戒的眼神，我了解她。她想要保护自己的孩子。她想保护自己的孩子，不让我碰触孩子。

我想，她想要保护孩子，这是个好现象。因为这很困难，这并不容易做到；有时候，连兴起这种念头都很困难。事实的确如此。有时候你会觉得，你自己更需要被保护。你的孩子比你适应得更好。我真希望情况并非如此，希望我的出身不同，能更好地独立处事，但现实并非如此。

在她没有察觉到的时候，我会偷偷瞄她，甚而凝视着她，努力想要看出她是否也受过伤，是否伤得跟我一样严重，以致忘记提供保护，选择不再提供保护。我真想问问她是怎么想的，问问她是否觉得自己会像我一样？但我又该如何在不开启这段我完全不想谈的对话的前提下，提出这种问题呢？不，我不想要跟她谈起过去发生的事情。我已经做了决定。有时我察觉到，她想要谈。她想要提起过去的事，想要我说点什么、解释点什么，也许是求得宽恕。但面临这种情境时，我会说一些话让她的思绪转往其他的话题。这能让她明白，我不会谈过去的事，我也不是会提供慰藉的那种人。过去的我从来就不是这种人；现在我的人生只剩下几个月，更不可能去抚慰人。我经历了化疗，体验过呕吐、不适、呼吸困难，像一束青菜般躺着，等着死神将我一把抓走。

因此，我反而在某一天打电话给她。她其实正在上班，没时间听电话，不过我说我有要事，所以她走到街道上，听我说话。

"你能当个好妈妈吗？"我问道。

她沉默不语。

"你会当个好妈妈吗？"

"我不理解。"她说，"你这是什么意思？"

"我不确定你挺不挺得住！你不够坚强，撑不过生产流程的，而且照顾小孩很麻烦。你撑得住吗？"

她吸了一口气,我似乎能够听见空气中每一个分子弹向她的咽喉,进入她的体内。然后,她沉重地吐出一口气来。

"妈,我现在会挂断电话。求求你不要再打过来,至少今天不要再打过来。"她挂断电话。在我还没来得及再补上一句话以前,她直接在我耳畔挂上电话。我凝视着手中的手机,感觉喉咙中似乎有硬块生成,胸腔膨胀起来,简直要炸裂了。我恨她!她让我感到孤独,感到被抛弃,感到无足轻重。就在这一刻,我痛恨她。

我传了一条短信:"你怎么能这样对待我?我生病了呀!"

她没有回应。

我按下她家的门铃。这是星期六早上,而她不知道我要过来。我不知道她将会说些什么,不过我不得不来。我无法承受打电话给她而她不回应的可能性。

过了一会儿,才有人前来应门。起先是一片寂静,因此我又按了一次门铃,然后我听见有人在走动,而且步伐缓慢。我不确定她正在朝门边走来,因此我又按了一次门铃。我再度按下门铃后才猛然想起,当初最先得知马素德死讯的,是她。警方按下她家的门铃,而她没有直接出来开门,所以他们一按再按。我心想:现在真是旧事重演,这就是她一生的命运吧——等着死神敲门。就像我们非得望着罗兹别倒在地上,流血而死,离开我们,就像娜拉永远没能回家一样,这都是我们的命运。我想,她将会重复我的人生轨迹,这是唯一可能发生的事,唯一公平的事。因此我再度按下门铃。

当她开门时,她面露烦忧之色。

"妈,怎么啦?"

她艰难地挤出这几个字来,她的行动方式暗示着她的身体感到疼痛。

我迎上前,将手搭在她的胳膊上。

"女儿啊,你怎么啦?发生什么事了?"

"妈,我不知道。"她贴向墙壁,上半身向前倾,"情况不太对劲。"

她将手伸向腹部,我手中的提包掉在地板上。我俩听到它落地的声响,都颤抖了一下。

"不,不。"我喊道,"不,这种事绝不能发生。"

"妈,拜托你,拜托你,先坐下吧。我给约翰打电话。"

"我打电话叫救护车。"我说,"我打电话叫救护车!"

这种事情绝对不能发生。这绝对不是我的本意,这不应该是我们的命运,她的命运,我们的命运。我们需要这个孩子。我们值得迎接这孩子的到来。这孩子将是我们的慰藉。我跌坐在门廊处的扶手椅上,沉重地呼吸着,努力吸气。我听见她讲电话,声音很低。随后,她的语调变得权威。她会搞定的,我心想,她会搞定的。

"妈妈,你要一起来吗?"

"去哪里？"

"去医院。"

她又多看了我一眼，眼神充满疑惑。

"妈，你撑得住吗？"

我不知道。我不知道自己撑不撑得住。

"假如真出了什么事情，我撑不住。"

她笑了起来，笑声听起来很轻蔑。

"那你最好还是留在这里吧。"

这时的她已经着装完毕，大门已经开启。

"我得走了。"她离开时，看都不看我一眼，径自将门带上。

我呆坐原地，凝视着自己颤抖的双手，心想：现在一切又要玩完了。我本来还希望，我们这回能够多享受一会儿快乐时光，生活中能多出那么一点点喜悦。我很好奇，当我们下一次通过那座桥时，仲夏节那些美好的回忆，在我们心中是否仍然一样美好，还是说那些美好的时刻只有在一切条件维持不变的前提下才适用？美好的事物是否能不受干扰地存在呢？

我听见一辆车驶来的声音，我想到此刻站在街道旁的她。我想到这丑陋的一切仍然没有让她停止尝试。我站了起来，跑了出去，甩上大门，狂奔向那辆出租车。当我拉开车门、钻进车内的时候，它才刚要开动。她从手机屏幕前抬起头来，一脸惊讶。

"我在这里。"我说。

她点点头，然后将眼神别开。过了一会儿，她的手伸向我的手。在剩余的车程中，我们紧握彼此的手。车内一片沉默。我心想：我们又坐在车上了。我和她坐在同一辆车上，努力创造出某种美好的事物。

我们抵达时，他们直接上前接待了我们。我已经做好高声尖叫、大吵大闹的准备，不过这在这里派不上用场。我想，他们对待婴儿可真慎重。新生命可比那些即将逝去的生命重要。

她请我在候诊室等着。我对此并不理解，出声抗议，但她的表情使我沉默下来。她并不信任我，事情就是这样。她与护士走进房间后，一切陷入沉静。这段沉默维持了很长时间。我坐在候诊室，将提包放在膝盖上，紧抱着它。我很纳闷约翰现在在哪里，不过我又很庆幸，此刻我们可以独处。现在在这里的人是我，是我在帮忙。我心想，我是来帮忙的！我总不能无力地坐在这里。

"不好意思。"我问一位经过的路人，"这里有咖啡店吗？"

"请跟我来。"这人说道，并将我带到一家小店前。

不知道为什么，我感到放松。这家小店仿佛使我能扮演我想要扮演的角色——一个能做点事的人、一个能帮上忙的人。我抓过一只篮子，开始采购。来点胡萝卜汁，让她补充一点精力。

我挑了两瓶，还有一小包薯片。我站在书报摊前方，但我不知道她爱看什么。我努力地回想着。我多么希望自己知道她爱看什么，因为她知道，她知道我爱看什么。最后我决定不买报纸或杂志。与其看到她失望的表情，不如不买。

现在，我不知道自己该怎么办了。我朝那些摆着鲜花与盆栽的架子瞄了一眼，想起那天在医院的情景。当时我要她把那束难堪的花带走，我别过身去。

这时我看见一些挂着的小小的玩具熊、长颈鹿与小布偶，这些都算是某种慰藉。我伸出手，碰了下一只蓝色小老鼠。它的织料相当柔软、平滑，被裹在一小块毛毯里。我将它举起，热泪盈眶，真想要直接放弃。我想要到放射与化疗中心，请他们安排一个房间给我，然后说："要死掉的人想必就是到这里来的吧。"但我将那只小老鼠放进篮子里，走向结账的柜台。我搭乘电梯，上到妇产科。仅此一次，我会拿出正常人应有的表现。

当我上楼时，一名护士朝我走过来。我沉重地吞了一口口水，心想：现在我得这么做，现在我必须明确表示，我就是患者的妈妈，我是护士。我得表明自己的身份。然而，我只是呆站在原地。

"你女儿希望你进来找她。"

我点点头。

"怎么……什么？你们又知道什么？"

我不觉得她听到了我说的话，或者说，她不愿意回答。我用手捏了捏放在口袋里的老鼠玩偶。我没把它放在袋子里，我做不到把它递给她。万一……

护士走在前面，谨慎地敲敲门板，她随后才开门。我努力压制住喉咙中的硬块，使它不至于爆裂。

雅兰就坐在房间里，向后靠在一张被抬高的床上。她的腹部裸裎着，肚皮上摆着小小的电子板。她的脸并没有朝向我，所以我也别过脸去。我努力压制自己的恐慌。

"妈。"她柔声说。她的语调使我感到惊讶，我不知道自己过去是否曾经听过她用这种语调说话。我及时想到，她此时的口吻，像极了一名母亲。她即将成为人母，所以才会这么说话。

"妈，你看。"她将手伸向我，我走向她。我不想看到那些电子仪器和塑胶缆线，所以我望着她的脸颊。我看出她很高兴。我想要重新开始呼吸，但仍不敢这么做。

"妈，你看到了吗？"我不懂她这是什么意思，但当我开始倾听时，我便听到一道规律且迅速的声响，咚，咚，咚。

"这是脉搏，这是心脏，看那边。"

我的视线转向屏幕，望着它。是心脏在跳动，小小的心脏跳得很快。我觉得自己一开始还没有领会过来。我只是呆望着。

"她在这里，"雅兰说，"她很好。"

我的胃部仿佛有东西爆裂，蹿上我的咽喉。我抓住床沿，睁着泪眼，想看得更清楚些。

"她在这里，她很好。"我重复着，"她很好。"

我爬上床。我们躺在彼此身旁，望着屏幕上的电流与波动。我们等了很久，等着检查结果，等着可以再度回家。我应该没有想到，我们是在等待。我可能什么都没想，我只是看着、聆听着。

当我们再度披上大衣时，我才想起来，想起我为什么要按她的门铃。癌症，癌症回来了。癌细胞又开始到处转移了，它们进入胃部、肺脏、肝脏。

我瞄了她一眼。她看起来是如此轻松，如此心满意足。她没有想到我的步伐越来越疲软，所以我决定把这一天送给她。今天只有生的喜悦。

我躺在床位上，头贴在枕头上，盖着毯子，很是舒服。我甚至还有能力泡茶。我孑然一身，没人知道我又开始化疗了。我本来以为，我无法独自承受这种事情，但我们进医院那天所发生的事着实吓到我了。那条小生命在她肚子里孕育着，等待着。我得保护她。如果我这辈子真的要保护某件事物，那我非得保住这孩子不可。

当雅兰出生时，我以为她将能够取代娜拉，她将代替娜拉的位置。我以为她将会是安全的，没有人会伤害她。不过一切都言之过早。我们都还处在噩梦中。痛楚与悲伤可是无法阻拦的。她成为那个过程中的一部分——迫害、战乱、逃难。可是，现在，一条不受邪恶所影响的新生命，这条生命将取代我的生命、娜拉的生命，而且从许多角度来看甚至会取代雅兰的生命。这可是我们的机会，我不想毁掉任何一部分。我接受化疗，在沉默中呕吐着。这个秘密无法长期被保守，但只要能力范围许可，我会尽可能地保护她。

我用毯子盖住双腿，举起手机，妈妈的号码出现在快速拨接选单上。我会打电话告诉她，有个小女孩即将诞生了。我们这四代女性会同时见证这一刻。我使她失去了一些东西，我想，这就是我补偿她的方式吧。

电话铃声响了很久才被人接听。我等待着，心想，她在那小小的公寓里移动是需要时间的，我可不能挂断电话让她因为自己漏接电话而感到难过。最后，在响了大约二十声以后，我从话筒里听到一个陌生的声音，是邻居。我们礼貌地寒暄了几句，我才问道："妈妈是否在家？"

"噢，不，难道都没人告诉你吗？老太太被救护车送到医院了！"

"为什么？"

我听到自己的声音变得僵硬。尽管这不是这个女人的错，但仿佛就是她的错。我们很快就可以四代同堂了！她会得到一个全新的娜拉，我会给她新的娜拉！

"你最好还是打这个号码吧。"这位邻居家的妇人说道，并给了我一个号码。我在沉默中写下这个号码，然后没有向对方道谢，就挂断了电话。

我开始打给我的姐姐们，不过无人接听。我重新来过，再打一次。最后，玛丽安接了电话。

"玛丽安，发生了什么事？"

"亲爱的，没事。"她说道。随后，她就沉默了。

"我知道妈妈在医院。我打电话过去的时候，都没人接，所以一定有事。快告诉我！"

"你不必管这个。"她说，"你只要把自己管好，健康就好！我们会处理这一切的。"

不，不。不要现在，行行好。不是现在。我举起一只枕头，用它盖住我的尖叫声。

"玛丽安，我要跟我妈说话，我必须跟我妈妈说话。她在哪里？"

我听见她的耳语声，她在跟某人交谈。我听得出来，她们想讨论出应该说些什么，应该怎样来应付我。

"玛丽安，"我喊道，"我妈妈在哪里？"

"你冷静点，没事的。"她暂停一下，"妈中风了，她……她失去意识了，我们不知道她还会不会醒过来。"

"是，是，她一定会醒过来的！玛丽安，你们得叫醒她。我有好消息要说，雅兰怀孕了，是个女孩。我得告诉她才行。"

我这位坚强的大姐陷入沉默。我听得出，她正在努力使自己的呼吸平稳下来，试图让自己冷静下来。她很努力地在保护我，即使她的努力从来没能成功过。她们当中没人真正提供过任何保护，而现在，妈妈已经快死了，竟然也没人帮我。她们得帮我，摇醒她呀！

"玛丽安，你们得叫醒她。你听到我说的话了吗？我得亲自告诉她。玛丽安，我得这么做。你不理解。"

"亲爱的，我晚一点再打给你。"她说完这番话，就挂断电话。一切就结束了。

我跌坐在沙发上，陷在枕头堆里，像个胎儿般缩成一团，呜咽着。

"妈妈，妈妈……"

我的身体轻轻地摇晃着，试图让自己找回某种形式的平静。我的目光聚焦在被我放在沙发旁边，用来盛装呕吐物的水桶上。喝到一半的营养品补充液还在地毯上。我孑然一身，简直孤苦无依。孤独感沉重地压在我的身上，我的全身变得如此沉重。我企图举起手臂，想要擦干双颊上湿黏的液体，但它仍粘附在我的侧脸上。我奈何不了它。突然间，房间旋转起来，我的视线开始闪动。这好像一只旋转的汤锅，而且还越转越快。我要下来！我想要下来，但我哪里都去不了。

就在马素德回家报告沙博死讯的那天夜里,我们的希望——继续生存下去的希望——已经彻底破灭。当马素德举起我的女儿,我的小生命,开始殴打我的时候,我们本来希望能从痛苦中创造出有别于痛苦的其他事物的希望也破灭了。我们不能留下来了。我们保护不了自己,也保护不了自己的孩子。

他打完我以后,便抱着雅兰向后退。她大声尖叫,音量高到让我以为他们现在就要过来了,他们随时会过来逮人。假如某家的小孩在尖叫,这家人里肯定窝藏了罪犯,这家人肯定窝藏了必须处决的人犯。他一路后退,直到撞到墙壁,这时他才瘫软下来。我以为他会将她扔在地上,因为他撞上墙壁的力道很猛,不过这并没有发生,他仍紧紧地抱住她。这让我感到平静。身处混乱中的我,仍能以某种诡异的方式保持平静。我想,他拥有她。他不会踢她,也不会打她。就算我当时再也没能从那块地毯上爬起来,至少他有她。他不会放开她的。这就是我在那一刻所在乎的一切。

他踢我的方式就与玛丽安第一次被踢的方式一样。当我倒在那里的时候,我就在想这一点。我想,又发生了,旧事又重演了。当同样的事情一再重演时,你心里会这么想:难道这就是人生吗?人生也许注定总是如此。

我们保持那个姿势一动不动。他靠着墙壁,雅兰在他的怀里,头部缩进他的腋下,小屁股朝着我;而我则倒在地毯上,脸颊贴着僵硬的地板,眼睫毛贴近颧骨。我想,当时我们都被恐惧牢牢攫住了。我愿意这么想。我们感到恐惧,它让我们变成殴打彼此的人。它使我们变成另外一种人,再也无法找回原本的面貌,也成不了我们本可以成为的人。我们就处在那样的状态之下,过了良久,才开始移动身体。不知为什么,雅兰安静了下来,沉沉入睡。我知道,当时的我倒在地上,心里想着,我们走错路了。我知道当时的我就已经这么想了。我们没有本钱安静地留在原地,我们必须逃跑。我们得警告其他人。我们得找寻新的藏身处。

我们在黎明时分醒来。雅兰啜泣着,这让我们的身体反应过来。我们看都不看对方。我想我们感到很可耻,我俩都感到很可耻。我觉得自己当时有理由感到可耻，为自己成为那种被老公踢的女人感到可耻。我为自己的遭遇感到可耻，为我所选择的人感到可耻。因此我们一语不发，从地板上起身，开始收拾私人物品。东西并不多，每人各有几件衣服、两条毯子，以及婚宴上所使用的一部分餐具。我们将大部分物品放在马素德父亲的家里。我们当时想暂时先这么处理，等这场风暴结束，等一切重归平静再说。但就在当天早上，当我们正在收拾生活中剩余的物品，将它们扔进我们小小的旅行箱时，我们知道这是不可能的。风暴不会过去，一切将永远不会重归平静。那些我们本来能用来建立一个家、打造人生的物品与财产，注定将被锁在别人家的储藏室里。不久之后，有人将会进入那间储藏室，心想：我可以借用这只箱子，或是拿走这件新洋装，送给自己刚出生的女儿。那些我用妈妈的缝纫机缝制的洋装，那当中的每一件，可都是我亲手做的。

当我们打包完毕时，我用一条丝巾绑住上半身，马素德将雅兰放进丝巾里。她很沉默，简直鸦雀无声。她仿佛感觉到了，感觉到即将发生的一切。然后我们就下楼了，一个肩膀上挑着一条地毯、双手各拎着一只小提袋的男人和一个身上贴着一个小婴儿的女人。我们谨慎地推开大门，马素德探头张望，当他看清街道上空无一人时，便朝我招招手。我们在微弱的晨光中上路了。我们不知道该往何处去，只是想躲得越远越好。马素德沉默地哭着。我知道他是为了沙博而哭。我当时希望他也为我而哭，为了他对我做的事而哭。不过我觉得他没有，我觉得他不记得这件事了。他每次打完以后，就忘得一干二净。他直接将这种事情压下去。

我们站在市中心，站在胡珊教长广场上。它之前不叫这个名字，之前它叫别的名字，一个没有"教长"这两个字的名字，但我就是记不起来。马素德站在电话亭里，努力想帮我们订个新房间。就算当时还没有日出，我还是看到了人潮，他们狂热、几近恐慌地移动着。我望着最新一波空袭过后，正在冒烟的铁轨。我望着那些朝我行进、随后又从我身旁走过的士兵。我将雅兰压向我怦怦直跳的胸口，感觉到属于我的脉搏潜伏于她体内。不能让孩子待在这里，我想，我们得离开这里。

"我已经做了新的安排了。"马素德一边说，一边再度拎起旅行箱。

我一动不动。他用质疑的眼神望着我。

"马素德，我们得离开这里。"

"我们已经在路上了，走吧！"

但我仍站在原地。

"不，我不是这个意思。我是说，我们得逃难、逃跑。马素德，我们必须离开伊朗。"

171

雅兰就在这时"咯咯"叫了起来。她张开还没开始长牙的嘴巴，笑了起来。

我俩都将眼神转到她的身上。我们凝视着从她身上散发出的、属于生命的喜悦。他先跟着笑了出来；随后，我也跟着笑了起来。我们置身于恐惧之中，笑成一片；他用手臂搂住我，将我拉到他的身旁。现在，我想当时的我本应觉得非常不自在，充满了恐惧才对。眼前这名男子将我打得鼻青脸肿甚至流血，而他将我的孩子抱在怀里。但当时我并不恐惧，我贴向他，寻求保护。他是我人生中，为我提供最强烈的安全感的人。过了很久以后，才有人取代了他的角色。

一两个星期以后，马素德腋下夹着一只棕色信封回到家里。他的衬衫浸满了汗水，他的双手颤抖着。我和雅兰坐在地板上，置身于另一个没有窗户的房间里。她在我身旁，在地毯上一圈又一圈地爬着，那块地毯构成了我们家的全部空间，而我真不知道她是如何办到的。我无法理解她的生命是如何绽放，如何在那种环境中存活下来的。没有光线，没有空气，她在真空中找到了活动的能量。这让我很惊讶。

他在我身旁打开信封，将信封里的内容清空。那是三本小册子，不过是纸张与墨水。从表面上来看，这并没有太大的价值，但我倒吸一口冷气。

"马素德，"我犹豫地说，"马素德！"

他倒在地上，侧躺着，头枕在我的膝盖上。他的身体仍然在颤抖，而我到那时才理解，这是肾上腺素所造成的，肾上腺素与害怕的心理。他将头埋进我的裙子里，我拍了拍他的头发，同时望着那三本小册子。假如它们不够逼真，怎么办？万一某个地方出错，怎么办？万一我们用了它们，但事情最后仍然变得一团糟呢？

我拎起最上方的小册子，感觉是真的；我用手掂量一下它的重量，感觉是正确的。我打开它，翻阅它，里面有一张我的照片，上面显示的名字是娜拉·波尔，是个假名字。我猛然闭上眼睛。现在，这终于发生了，真的发生了。我们准备逃难，而这是我的名字，或者说，是我即将使用的名字。一个伪造的身份，而我的娜拉仍将如影随形地继续跟着我。

我翻开另外两本护照，看了看护照页面。照片中的马素德睁大双眼，目光中带有恐惧。然后就是她，我的小宝宝。她才一岁，在相片中露出牙牙学语时的微笑。我很纳闷，一个小婴儿要怎么逃难？到底是什么情况，让一个小婴儿不得不逃难？我很好奇，当她想到这个国家时，眼前将会呈现什么样的景象？这是她的国家，而她对它永远无法产生感情。我很好奇，她以后的生活会过得怎样？我最想要知道的，还是她之后会过得怎样。假护照上的名字是丝塔丽。这是他选的，我觉得他选得很好，一颗将会在夜空中指引我们的星星[1]。

"这些都是为了她,不是吗?"

马素德抬头望着我。

"我希望是这样。"他回答道。就在那一刻,我感觉到,其实我们也是小孩子,才二十二岁却已经精疲力竭的孩子。我们并不晓得自己正在做什么。我们说服自己我们有责任这样做。为了她的缘故,我们得逃难。这样一来她才不会失去双亲,甚至于自己的生命;这样一来,她才有未来。我们也正因为这一点,才退出抗争;也正是因为这一点,我们即将离开我们的家人、我们的国家;也正是因为这一点,我们即将抛弃一切,就此远走高飞。可是,我不知道。我不觉得这是真的,我认为我们是出于自身的考量才这么做的,出于自身利益的考量。因为我们不愿意落得和娜拉、罗兹别、沙博一样的下场。

因为我们不想死。

假护照是很贵的,机场负责接应的人口走私贩子收费也是很贵的,而这笔钱并不是我们自己出的。一开始,马素德不愿意告诉我钱是从哪里来的。他不愿意牵连更多人,除了已经被牵连进来的人以外,他不愿意将更多人拖下水。往后我才明白,是

---

[1] 丝塔丽(Setareh),波斯语中意为"星星"。

他叔叔付的钱。我们能保有自由，全是因为他的关系。

马素德也希望我别把这件事情告诉我妈妈。

"这是为了她好。"他说，然而他随即改口，"这是为了我们自己。她会怎么反应，你是知道的。如果她开始大哭大叫、哀悼起来……人们就会注意到她，他们可能会审讯她，谁知道呢？"

"马素德，难道我不能在离开自己的国家以前向我妈说再见吗？难道你就希望我这样做吗？"

我们坐在小房间的地毯上，低声耳语着。我们非常害怕被跟踪监听。我们不知道他们在哪里，以及他们用什么方式监听。我们不知道他们是否已经认出我们或他们手中掌握多少信息。

但是沙博知道一切。在我们这群人当中，他是唯一掌握所有人资料的成员。现在，当我们见面时，都必须先戴上眼罩，然后才能进入房间，目的是为了避免知道其他人长什么样子，这样就无法指认彼此。我们都曾经听过那些被拘捕人士的故事。他们会将你送进一辆车里，在城里转来转去，要你指认熟人的脸孔，也就是那些参加过集会的人的脸孔，那些参加地下组织的人，那些在半夜里发传单的人——就像我们这种人。而这还只是开端而已。接下来的就是刑求、强奸、威胁要处死你，借此获得更多资讯，逼你供出更多人的名字。因此我们不能知道彼此的身份甚至相貌。

而沙博知道一切。当他的死讯传来时，我们在感到悲痛的同时，也为自己的安全感到恐惧。他们在杀死他以前，到底对他做了什么？在无比痛苦的最后几个小时里，他是否保持了对我们的忠诚？内心深处，我宁愿相信他已经背叛了我们；这样一来，我就不是唯一的叛徒了。

在一两个月后，一切才准备就绪。我们的旅行箱已经整顿完毕，我们本人则像游牧民族一般，在城里东躲西藏。我们听到了流言，他们不断逮捕我们的同志，而且人数越来越多。大家都在东躲西藏，但我们是会留下痕迹的，想要做到"走过而不留下痕迹"是不可能的。

马素德一而再、再而三地重复："会有这么多人被逮捕，并不是沙博的错。这些情报绝对不是沙博抖出来的，他永远不会做出这种事情。"

"因为他保持沉默，他们才杀了他！"

他的口吻，仿佛是想努力说服自己，我并没有表示异议，我不知道。我只是轻轻摇动着怀里的雅兰，哼唱着年代古老的歌谣，低声耳语道："没事的，一切都会没事的。"我努力地说服自己，而真相是我怕得要死。除了怕得要死之外，我内心充满了耻辱感。我为我们制造出一团混乱、如今居然要远走高飞的事实感到可耻；我为罗兹别与他父母的遭遇感到可耻；我为自己的毫无原则，在那场审讯中完全不敢捍卫任何事情感到可耻。我即将离开自己的妈妈，她失去了两个女儿，一场战争与一次革命则夺走了她的国家。我为此感到极度深沉的耻辱。我为自己感到可耻；我还在自己的耻辱感中告诉自己，这是为了雅兰。这是为了雅兰。在很久以后，当各种与先前情况不同的困境逐一涌现，当我们语言不通、被称为黑鬼，还不知道如何御寒的时候，我们当中有很多人会说出这种话：这是为了孩子。不过，我们的英雄气概并没有那么强烈。

当时知道我们即将远走高飞的只有马素德的爸爸。他和他的叔叔已经付了钱。我当然无法忘却这件事情。

"如果你爸爸知道，凭什么不能让我妈知道？"

他用厌倦的眼神望着我。

"行行好，"他回答道，"不要把事情弄得更复杂。事情已经很麻烦了，这已经如此麻烦了。"

我暗自想着，我还是会告诉她的。我要偷偷溜出去，到家里去，紧紧地抱住她许久，然后说出一切，告诉她一切都会好转的。这将会是获益，而不是某种损失。这对雅兰和我们来说，是一种能够获致双赢的抉择。

"我们离开这里，你就不至于失去我们。"我将会这么告诉她。她会理解的。她也会紧紧地、用力地拥抱我。关于娜拉的事情，她将会原谅我，她还会为我们打理了一切而感谢我们。如此一来，她就不需要担心了。

但我知道事态的发展绝对不会如此。我很清楚，她会扑倒在地，猛扇自己的脸，高声呼喊着上帝和他底下的教徒，大声喊道："现在请你们住手，不要夺走我的孩子。"她将会大喊大叫，捶胸顿足；邻居们会走出来，向她提问。她会喊出答案。群众当中的某人将会用异于其他人的目光打量着我，这个人会偷偷地逃离现场，拎起话筒，打一通电话。在我还没能将妈妈从地上扶起来以前，一辆囚车就会停在屋子前，革命卫队的人将会跳下车来。然后我就不见了。

我知道马素德是对的，然而我将自己所有的悲痛与怒火都投射到他的身上。我们已经使妈妈失去娜拉，而现在，他即将把我从我妈身边带走。为了这件事情，我永远不会原谅他。

当我们来到难民安置中心时，我总算找到一台电话机，也弄懂了使用方法。当时距离我们出逃、我最后一次联系妈妈，已经过了几星期。

难民安置中心是一座位于森林中的小屋，它坐落在某个小城镇的外围，而我们往后也没有再回到那座小城镇。那是一座很漂亮的小屋，即使当时的我心烦意乱，但还是能看出这一点。那是一座很漂亮的森林，是个美丽的地方。我常会坐在一张板凳上，雅兰则在我的膝盖上，我要她看看四周，看看那些高大的松木、那些苔藓植物，还有讨人喜欢的鹅卵石。我指着巧啭的小鸟，也指着套着颈圈、从我们身边经过的小狗。我把她放在秋千上，让她加速，她几乎可以碰触到那些垂荡的翠绿的树枝。她"咯咯"地笑着，开始在森林里奔跑。森林里有空气，有光线。

我想，这非常明显，很明显，这里的生活更好。我在心里高声对自己这么说，不过我没能真心相信这一点。

安置中心的柜台有一部座机，座机旁边有一台计时器，你可以先打电话，然后再付费。当时打电话到伊朗很贵，而我们的钱又少得可怜。马素德坐在我身边，让我长话短说。我望着他，心里纳闷，这怎么做得到呢？你该如何告诉你妈，你逃到另一块大陆上，你们也许永远不会再见面了呢？我很疑惑，我该怎么提起这件事而且做到"长话短说"呢？

我试了几次，听筒才开始传出拨号声。如今我仍会想起这些事情，想到我们如何努力地联系他们。当时我真的觉得，我们已经永远失去了自己的家人，但最后电话还是拨通了。我用力握住电话线，同时等着妈妈的声音从听筒传来。柜台的接待员把手搭在我的手上，握住我的手。

"喂！"

她听起来很恼怒。我不安地望着马素德，心想：直接挂断也许是最容易的选项，永远不打这通电话，也许是最容易的选项。永远不打这通电话。

"妈妈。"我的声音颤抖着，但我决定让自己的情绪涌现，就让它涌现出来。

"妈——妈。"

我听到她的哭声。我听见她打着哆嗦，时间一分钟接一分钟地过去，我们则在话筒两端哭成一片。我知道马素德双眼牢牢盯着计时器。我想，人们面对这种情况也许就是会这么做。两人在话筒旁哭成一团。每次你一听到对方的声音从听筒里传来，你或许就是会哭出来。多年来，我们就是这样走过来的。

当我看到计时器时，通话已经过了三分钟又二十六秒。我们都一语不发。我和马素德的目光交会，他用充满歉意的眼神看着我，然后按下支架上的按钮。我妈的声音消失了。

"没关系了。她已经知道一切了，你知道的。"

我真想对他说，光是让他爸爸告诉她、通知她是不够的。我想要解释，我想要谈谈这件事，但我居然说不出话来。我将电话贴向胸口，紧紧握住它。我哭着，牢牢握住电话。

马素德手足无措地站在我身旁。很多事情都是非亲身经历则无法理解的。更艰难的是，你的心已经很痛了，却还置身于别人的伤痛之中。他慢慢地离开柜台，让柜台接待人员来照料我。她其实并不是柜台接待员，只是安置中心的雇员，负责处理我们的事情，负责处理我们这些受到伤害的灵魂。她在我身旁站了一会儿，但就算是她，也不知道该怎么做，该做些什么，所以她拥抱我。我被吸进她如母亲一般慈祥的宽大胸怀里，她紧紧地贴着我，也跟着哭了起来。当她摇动我的身体时，她的身躯、上臂也不住地颤抖，这让我更大声地哭泣。这是一种被吸入别人体内的感觉，当你失去了平时吸附的人时，你被一个陌生人的身体吸了进去。

她名叫桑妮娅。难民安置中心是一个充满泪水的地方,桑妮娅和我们大家一起哭。她给了我们很多慰藉。我希望自己能找到她,我希望这时桑妮娅如果能在我身旁就好了。

妈妈对于我离开她这件事情，从来没有原谅我。我本来希望她有朝一日终究会理解。我本来希望她明白，我们的逃难是利大于弊的，但她从未接受这种说法。她认为，只要我们不再惹是生非，找个地方躲藏起来就没事了。逃离政治、逃离革命，躲得远远的，找个偏远的村庄躲藏起来，直到一切风暴平息为止。而战争呢？在我们离开以后的几年，那场战争也结束了。我们大可以躲藏起来，逃过这场战争。我们本来可以将马素德藏起来，让他不必上战场。至少当战争结束时，我们总可以回来。

"妈妈，就算这样行得通，就算你所说的一切都行得通，我们还是不愿意生活在伊斯兰独裁政权之下。"某一次，我在电话中这么对她说。这时，通话就中断了。我听到一道响亮的嗡嗡声，就像夜间节目播放完毕时电视机会发出的声音。随后，一切陷入沉默。当我试图再打过去时，我只听到机械般的声音。那个声音说："您所拨打的号码是空号。"那只是暂时的，但当下的我仍然觉得，他们再度将她从我身边夺走。

你能听得出来他们在监听，你完全能听得出来。当他们开始监听对话时，你会听到咔的一声，然后杂音出现，有时你还会听到人的声音。有时你会听到他们进来、出去的声音，咔、咔、咔咔咔。我必须极力忍住对他们大吼大叫的冲动。我想对他们大吼，要他们放过我们。我们都已经逃走了，我们已经不在那里了，我们跟他们一点关系都没有了。但我不敢大吼，因为妈妈还在那里，我实在不能再给她造成更多的麻烦了。我带给她的麻烦已经超出任何人所能经历、承受的限度了。

现在，就在我终于打电话给她，想要讲述好消息的时候，她们说，我不能和她谈话。她目前无法谈话。她失去了意识，躺在医院的病床上。我也许永远没有机会和她说话了。当我躺着陷入自己一个人的黑暗中时，我心想，我得跟她谈谈，我必须跟她谈谈，我得告诉她。

我知道自己在哪里，但是，我就是没能睁开眼睛。我认得出周边的气味，是一种很像防腐剂，同时又很恶心的味道——裂开的伤口、受到感染的肺脏、逐渐腐烂的躯体。我尝试张开嘴巴，想要抗议。我想说："我要回家。"但是我的双唇已经干涸，动弹不得。我无力操控自己的嘴唇。

雅兰握住我的手。她肯定就站在我的身边，随时关注我的一举一动。

"妈妈，妈妈，我在这里。"

我停止尝试，任由双眼的眼皮垂落。我再次消失无踪。

我再次醒转过来时，眼皮是自己睁开的。房间里一片漆黑，空荡荡的。我被连接到一台机器上，机器发出声音，平稳、持续的哔哔声。我猛力地吐气。

"我还活着，我还活着。"

我喃喃自语着，同时寻找红色按钮。我用力按下按钮，久久不放。我知道，这样做于事无补。不管我是否用力按，他们听到的信号声不会有任何差异。但我觉得我可是为了自己的生命才按下按钮的。

"我还活着！"当护士走进房间时，我大声喊道。这名年迈的护士身材圆胖，举止优雅。她笑了起来：

"真是太好了！"

她走上前来，握住我的手。

"娜希,你总算醒了。这真是太好了。你女儿每天都到这里来,就等你醒过来。"

我使劲地握住她的手。我的力道很猛,她想必感到疼痛。

"发生什么事了?我出了什么事呢?"

"娜希,你中风了。"

中风。就和妈妈一样,中风。

"这是可能会发生的,你知道的,肿瘤足以导致中风。"

我知道,这我知道。可是,我不要,我不要中风,我不要肿瘤。

"我得跟我妈妈谈谈。"

那名护士点点头,拨弄着我胳膊上的管子。

"是的,真棒。夜晚很快就结束咯。"

我明白了,她并不把我当一回事,她认为我正在梦呓呢。我知道快要死掉的人会不断说梦话。我在疗养院工作时,那些快死的老年人总是尖叫着,呼喊着妈妈。过去,我有时会在走道的一张椅子上坐定,聆听着。那真是一首由焦虑谱成的交响曲。在人生的最后时刻,所有人都在呼喊自己的母亲。

"我很清醒,我知道自己在说什么。拜托你,把我的电话拿给我,我得打电话给我妈。"

她抚弄着我的头。

"我的朋友,现在还是半夜呢。"

"我得打给我妈,你不懂,事情很紧急。"

"是的,真棒。"她一边说,一边收拾自己的器材。然后,她就走出房间。

我再度拎起那个红色按钮,用力地按下去。不过我已经知道,她不会回来的。她看待我的方式,就像当初我看待我服侍的老年人一样。泪水浸湿了我的枕头,我用自己能力范围内所允许的小动作,摇了摇头。我还没那么老啊!那些曾经被我服侍过的行将就木的老年人多半都已经九十多岁,某些人甚至有一百岁。我为什么就不能多分到一点时间呢?为什么我分到得这么少呢?

我心想:我要死了,我真的死定了。

"妈妈，你当初怎么不告诉我？你为什么不说？"

雅兰站在我身旁，抚摸着我的头发。

"我会自己处理。"我对她说，"我要自己照顾自己。"

"妈妈，你不用这么做。我在这里。"

我想要说，我在试图保护她。不过，我不知道这种说法是不是真的。我努力想保护的是小宝宝，也就是我的外孙女。我努力想保护的是自己的不朽，也就是我自己。

"它会再次消失的。"我说，"它上次就消失了。它会再次消失的。"

她坐在椅子上，向后靠着，手放在肚子上。她已经大腹便便。我告诉她这一点，她笑了出来。她的笑声再一次变得如此轻柔。我从她的眼神中可以看出，她是真心感到高兴。她周围包覆着一层泡泡，而那里容不下我。她拥有一个由平静与快乐构成的柔软泡泡，就是那个小宝宝。我只是她处理的某个东西，她处理我的目的就只是为了回到自己的世界里。我心想：当我死掉的时候，她不会想念我的。她将拥有某个更好的东西，某个比我好得多的东西。这个孩子将会取代我在她人生中的位置，而她将会觉得，这样的交换真是划算。她将会觉得，假如我生下孩子的代价是我妈妈的死亡，那就值得了。她会这么想的。她也许会在某个时间点上，对某人这么说。我心想：这样或许还是不太好，关于孩子这件事情。我心想：这孩子会让我孤独地死去，让我更孤独地死去。

我每天都打电话给我的姐姐们。她们谈到关于妈妈的事情，不过我不知道她们是否说了真话。她们说，她还在留院观察，已经恢复意识了，她每天只有几分钟的会客时间，她没有电话。

"可是，玛丽安，能不能请你告诉她，雅兰快要生了，而且是个女儿？"

"我们不希望她在情绪上受到刺激。医生都说，这样对她不好。娜希，这你总知道吧？这样对她不好。"

我真想对她们大吼大叫，但我强忍下来。我对自己能够强忍下来感到很骄傲。她们不让我跟妈妈接触，不过我想，这算我活该。是我离开了她，离开了她们。我的权利在很久以前就用完了。所以我继续打电话，一天打好几次，试图从她们的腔调与口吻中听出情况是否有变化。不过我也心知肚明，她很可能已经死了。妈妈已经过世了。她们不能说,至少现在还不能说。这样有差别吗?假如她们等得够久,她们就永远没必要说了。

克里丝蒂娜打算再度停止化疗。我中风的事情吓到她了,她们觉得我很虚弱。她们觉得化疗的疗程会要了我的命,但她们仍希望能够用化疗除掉那些她们够得到、体积够大的癌细胞。可我们大家都知道,这样做也救不了我。

雅兰对化疗有信心,她还抱有期望。

"妈妈,你得这么做。你必须尝试所有可能才行。"雅兰在与医生谈话后这么说。

"假如我身上的癌细胞能用化疗除掉,他们一开始就会这么做了。现在已经没差别了。"

"妈妈,你不能放弃。你听到没有?你不可以放弃。你必须让他们试试放射线治疗。你现在不能停止奋斗,现在不行。"

我很纳闷,她是否真心希望我活下来。或者,她只是嘴上说说?说一堆人们嘴上应该说的话。

我常常想到逃难的经过。我很疑惑，我们的出逃到底对不对？随着时间一年接一年地过去，一切都变得如此模糊不清，对与错也变得很难论断。我有时候会想，对与错究竟是反义词，还是只是表达同一件事情的两种方式？

假如你是从生与死的角度来考量问题，逃难应该是正确之举。这应该显而易见吧，我们逃难就是为了躲避政治迫害和一场战争，逃难应该就是能确保我们生存的最佳选项。我们活下来了，我们确实活下来了，我们又活了三十年。

但是，我和马素德都有手足与表兄弟姐妹。在我们逃难时，他们中那些选择留下来的人，现在也都还活着。那些撑过一九八四年的人，现在也都活得好好的。而马素德已经死了，我也快要死掉了。

马素德的心脏为什么停了下来？癌症为什么占据我的身体？此事存疑。但同时，我们的心脏为何能够这么持久地跳动？自从我们持假护照登机以后，我们的身体怎么能够承受我们所做的一切呢？

我看着新闻，看着那些渡海而来的难民。世界真的已经变了。当我们逃难时，我们所面对的问题是如何逃离自己的国家。在我们做过一番算计以后，我们就买了机票，飞往自由。而这些人呢，他们沿途奋斗，一公里接一公里地走下去。那些来到目的地的人以为自己真的到了。而我想要告诉他们，一切都还没开始呢。逃难已经深入你们的血液之中，将会传承到你们尚未出生的子女身上，会像一颗肿瘤，随着时间的流逝越长越大。你们所失去而自以为能够克服的一切，是永远无法弥补，也永远无法克服的。一切仍旧存在，就连你们所畏惧的急于逃离的命运，也还是会继续存在下去，就连那痛苦、血腥的死亡，也是你们所摆脱不了的，它将会继续存在。它会在你们夜里所做的噩梦中移动。它将会在你们的记忆中移动。当你们忆起逝去的亲人时，死亡就会浮现。你们当初想要逃离的一切会紧紧跟着你们现在所想要适应的奇怪生活，而且活灵活现、如影随形。它不会消失的！你们已被定罪，你们的孩子也一样。一切都会存在下去，而且会代代相传。

我还是决定接受放射线治疗。我的肝脏里有一团大家伙,他们希望除掉它。

当克里丝蒂娜这么说的时候,我笑了出来。

"假如是在肝脏,那一切其实已经完了。你们想采取的措施,真的救得了我吗?"

她站在床脚旁边,摇摇头。

"娜希,我并没有保证能救你的命。我没法向你提出任何保证。我们只能评估,用放射线除掉那颗肿瘤对你有帮助。仅此而已。"

她低头看着文件。我俩都沉默片刻。随后她将手搭在我的脚上,按住我的脚。

"娜希,假如我们不使用放射线除掉那颗肿瘤,一切就真的玩完了。让我们执行化疗吧。"

然后她便转身离开。

自从他们说我还剩半年可活，自从他们说我命在旦夕，到现在已经快满两年了。这段时间真像一团迷雾，一团由开到我家门口的出租车所组成的迷雾；我摆动着身躯，艰难地走出门，坐进车内。一团由医院职员组成的迷雾，一团由医院大门与病房房门构成的迷雾。我曾穿过那些门，走进去。他们曾将我放在担架上，穿越那些门。医生曾经开启那些门。治疗、通知、崩溃，那些摆在我的沙发旁边用来盛装呕吐物的水桶，还有一个个被运到门边装着营养补充饮品的纸箱，它们被堆在玄关，像塔一样高。我没力气将它们搬进公寓房，我没力气吃东西，没力气喝东西。这是一团由未知号码打来的电话所构成的迷雾，来自那些医生、心理辅导员、营养师。营养师，这真是笑死人了。

"当我还健康的时候，我才需要你。"我在她第一次打来时这么说，"现在你能为我做什么？"

她还是继续打过来。她们所有人都继续打电话过来。我最先拒绝接听的是营养师打来的电话，然后是心理辅导员。而克里丝蒂娜打来的次数与频率，已经超过了她的义务，超出了你所能提出的要求范围。所以我都跟她谈，她成了我的桑妮娅，我的营养师、医生与心理辅导员。这成了一团由对话所组成的迷雾，而这些对话会以下列的词句开头：

"嘿，娜希，我是克里丝蒂娜。你今天好吗？"

我今天好吗？我没有什么新的回答。我得了癌症，它正在吞噬我的身体。它将会杀死我。这是一团迷雾，除了那个充满光亮、生气蓬勃的仲夏夜以外，这全都是迷雾。我心想：我们成功地营造出了美好的回忆。许多年以来，我们一直在美丽的斯德哥尔摩外海群岛区活动，最后我们成功地营造出某个美好的回忆，某个只能以美好来形容的回忆。

我心想：我得撑到自己当姥姥为止。我得见到她才行。我得撑下去，告诉她，她出生的时候就是自由之身。她的根就在这里。她的姥爷被安葬在这里，所以，这里就是她的土地。就算我们不在她的身边，我们的努力仍让她得到自由。我们建立起她的根基，这是我和马素德努力的成果。我会这么对她说。

因此我按下电铃。当护士进来时，我这么说：

"我决定继续活下去。"

她歪着头，打量着我。她肯定是在纳闷，我只是在梦呓呢，还是又在说胡话了？

"我是说，我想开始进行放射线治疗，越快越好！"

她点点头，将盖在我身上的毯子拉平。

"我会通知克里丝蒂娜。"她说。我看得出来，她本来还想再多说些什么，她想要确保我对此并不抱太多的指望。我想要截住她的话，所以就闭上眼睛，假装睡着了。她停留在原地，替我的花换水，将本来装着柳橙汁的空瓶子甩到一边，把我的桌子擦干。这并不是她的工作，她这么做只是因为觉得我很可怜。这我是知道的。我知道，她这么做，是因为她知道放射线治疗不会影响结局。它只能让我苟延残喘，多活个几天、几星期、一个月。但我不需要护士的怜悯。我知道，我所需要的，只是多一点时间。我只要能撑到外孙女出生就行了。

她们将我留院查看，等候新一轮疗程的开始。

"我让你待在这里，这样我就看得到你。"克里丝蒂娜说。

"我在这里已经待了好几个星期。"我抗议道。我是真的很想要回家。但我随后察觉到，我其实并不清楚自己到底在医院里待了多久。我不知道今天是星期几。我稍微回想一下，居然也想不起来现在是几月份。我记得孩子的预产期是在一月。圣诞节已经过了吗？

我问克里丝蒂娜，她看来忧心忡忡。她开始提出一大堆问题。

"娜希，你知道自己现在在哪个国家吗？"

"克里丝蒂娜，我可没有老年痴呆！我们在瑞典。"

"你知道你是在哪个城市出生的吗？"

我本来正要说出"斯德哥尔摩",但这个答案在脑海里听起来就不太对。我努力回想,但思绪卡住了。我和我自己的思绪之间,仿佛竖起一道高墙。

"我当然知道。"我这么回答,然后别过脸去。

"娜希,你女儿叫什么名字?"

我凝视着空气。我感到那堵墙变得越来越厚重。在我所处的这一端,什么东西也没有。什么都没有,就像真空一样。

我正视克里丝蒂娜的目光,在她开口以前,我就已经明白了。在她们将我放上担架,将我推出去送到那台大型X光机器以前,我就明白了。当时的我有幽闭恐惧症,感到恐慌,不断地尖叫,她们只能先把我推出去,给我注射镇静剂,然后才将我送进检查间。

现在癌细胞已经进入脑部,它们牢牢攫住了我的记忆。它们就在我的眼前,渗透我的思绪。它就像一堵高墙,竖立在我和所有我想要说出口的话之间,所有在我消失无踪以前想要说完的话,以及我想要看到的一切,或者说我唯一想看到的。在我来得及死掉以前,我就已经消失了。

"从现在到一月份,还有多久?"

这是我唯一的问题。

"只剩几星期,娜希。"克里丝蒂娜说。

"我那时候还在吗?到一月份的时候,我还活着吗?"

"娜希,我不知道。"

她抚摸着我的头发。她就坐在离我几米远的地方,但她的身影竟是如此模糊,就像一张画质不清晰的照片。我眯起眼睛,想看清楚她的轮廓。

"请帮助我,让我能够活到一月。求求你,帮助我活到一月。"

我从自己眼前的迷雾中看到她的脸孔紧绷起来。她向后退。

"克里丝蒂娜,拜托你,别这么对待我。求求你,我要当姥姥了。请让我能够当姥姥吧。"

我听见她在哭。我看不见,但我仍然能听见哭声。

"这不公平。"我咕哝着,"这真不公平。"

隔天早上,我请护士协助我,让我能在床位上坐直,并请她替我弄来一杯咖啡。我需要能够提神醒脑的东西,某种能协助我突破迷雾的东西。我很想要一杯龙舌兰酒。我对龙舌兰酒与香烟,可说是非常渴求。但我的迷雾使我承受不了这些东西。我心中一震,我永远不能再喝龙舌兰酒,永远不能抽烟了;一时之间,这让我顿失勇气。这倒不是因为这些东西有多重要,而是我所不能做的被剥夺的事情,又多了一件。被许多人视为理所当然甚至几近于俗滥,而我却永远不能再体验的事情,又多了一件。

我得打两通电话。当我头脑还算清楚的时候,我必须亲自处理这两通电话。其中一通打给我妈,另一通则打给我女儿。其他电话就交给别人去处理吧。我举起电话,将它放在手中掂量着,同时努力想要决定等下应该先说什么,然后我就深陷其中。直到片刻后,护士走回房间,站在我身旁,端来一杯咖啡,我才记起自己想要做的事情。

我先打给玛丽安,这是很自然的。我得先对过去做个了断,然后才能处理未来。

电话才响了几次,她就接听了,这令我惊讶。尤其是最近这段时间以来,她们极力回避我,不愿听我啰唆着想跟妈妈说话。

"嘿,娜希!"她的声音听起来很尖厉。

"娜希,亲爱的,你还好吗?你还在医院吗?我们这边一如往常,娜希,不必担心。你要多照顾自己,多关心雅兰,多关心小宝宝,娜希,宝宝很快就出生了。"

我听见她所说的话,我确实听见了。但我真正注意倾听的是她的语调、周遭发出的声响、她短促的呼吸声,以及各个音节之间所弥漫的紧绷和颤抖。

"玛丽安,我要跟妈妈说话。"我只是这么说,"我要跟妈妈说话。"

截止到现在,我已经多次说过这句话了。我在这么短的时间里说了这么多次,而她们就是不让我接触她。"我有好消息!"我曾经大吼大叫过,"拜托你们,我打电话来是要让她开心的。"但我就是不能跟她说话。自从妈妈中风以后,她们就不让我跟她说话。而现在我听出来了,就算我深陷自己的迷雾之中,我还是听出来了，我还是知道了。就算我打过去，只是想告诉她一个好消息。我已经知道了。假如我的心有一张嘴巴，它早已因痛苦而不断号叫。

"玛丽安，我要我的妈妈。求求你，我要我的妈妈。"

我的啜泣声压过了她的话语。我不想要听她说话。但是我最后还是没声音了，也没力气了。她就在这时说话了。

"娜希，我的小心肝。亲爱的，妈妈已经走了。小宝贝，妈妈已经走了，我的小心肝啊。妈妈已经不在了。"

当你自己已经朝不保夕的时候，当你自己随时都可能驾鹤西归的时候，母亲的去世应该不会这么让人心痛才是。你已经明白，生离死别的痛苦不会那么持久，这种伤痛只是暂时的。但是，这还是让你心痛。话筒从我手中掉下，摔落在地板上，我又缩回毯子下，重新龟缩进属于自己的迷雾之中。我不知道当时自己到底晕厥了多久，但我听到周边的人来来去去的声音，而我想要告诉她们，我妈妈死了，求求你们，抱抱我，我妈妈走了。但她们将我所发出的微弱声音当成是梦呓。我伸直了手臂，试图抓住某个人，抓住某个当时在身边的人。我想要说：我还活着。

雅兰希望我住到他们家里。她站在医院的病房里,正和克里丝蒂娜交谈。她的声音可能会被误认为相当坚决,但我只听见恐慌。

"我可以照顾我自己的妈妈。我们会解决这些必须解决的事情。"

克里丝蒂娜试图抗议。

"有很多事情得处理,吗啡等各种药物,所有日常生活的问题。她不能自己走动,她的视力已经很差了,而且还出现了幻觉……当肿瘤继续压迫大脑时,幻觉只会越来越严重。这是很难处理的。"

雅兰站着,双手叉腰。我只能看到这些,一个黑色的身影,大腹便便,双手叉着腰。她看起来像童话故事里生气的小精灵。

"克里丝蒂娜,她可是我妈妈。"

她的声音碎裂开来,她俩都沉默了一下。就连我也记得,当我第一次住院,我们开第一次会的时候,她说过一模一样的话。两人之间弥漫着沉重的耻辱感与罪恶感。为什么你不救救我妈?我已经说过了,她可是我妈妈,你怎能将她从我身边夺去呢?

"我去联系上门的护工。"克里丝蒂娜说着,离开了病房。

我举起手来,唤起雅兰的注意力。

"让我回自己家吧。我想要待在自己家里。"

我试图把话说清楚,她也理解了。她握住我的手,亲吻了我的额头。

"妈妈,我知道你希望这样。我也希望能够如此。"

她将双唇贴在我的皮肤上,我感到她暖热、湿润的泪水。我真想问问,为什么这样行不通?她为什么哭泣?我想问问,我出了什么事?我记不清楚了。

但那天我再也没能多说什么。我找不到自己想说的话,而我也无法再启齿。

救护车职员来接我出院。他们将我放到担架床上,推出医院大门,走向急诊中心的入口。我想要针对这一点开玩笑。我想说,这真是超现实——救护车来载你回家,而你实际上正在往另一个地方走。我就是想要这么说。不过救护车的灯光实在太强烈,机器的哔哔声是如此嘈杂,我反而闭上眼睛。

当他们将我抬进车内时,我醒转过来。

"我快要过生日了。"

是我在说话。

"我快五十岁了。我已经变得这么老了。来参加我的派对吧,你们得来参加我的派对。"

我觉得他们没有听到我说的话。我甚至不知道自己有没有真的这么说。我努力重复这些话,但我已经失去它们。

我和妈妈曾经一起去过一次乱葬岗，那些政治犯被埋葬的地方。那些被处决的人是没有葬礼的，他们就只是被土埋掉而已。有些人的家属会收到通知，有些人甚至知道自己子女的尸体被埋在哪里，而包括我们在内的其他人只能揣测。我们判断她被埋在这里，这里就是她的安息之处。一个十四岁少女的躯体，本来是完全不需要安息的。它不应该这么早安息的。

自从那天夜里以后，妈妈就沉默寡言。她曾经到监狱里找过——直到事后她才告诉我们。她知道我们有可能会代替她到监狱里找人，她担心假如是我们到那里找人，他们会把我们一并带走。她亲自来到监狱，询问女儿有没有在那里。他们说，她的女儿不在那里。当她转身正要离开的时候，守卫在她背后吼道：

"丢脸哪,老太太。连自己的女儿在哪里都不知道,这算什么母亲呢?还得这样来监狱敲门,问她在哪里。"

妈妈走向他,站得离他很近,牢牢地盯住他,然后对着他的脸啐了一口唾沫。她很清楚,他们完全可以直接把她抓起来。他们竟然没抓她,这真是奇迹。

那名守卫竟低下头去。他只是个男孩,年纪恐怕不比娜拉大多少。他低头看着地面,妈妈则牢牢地抓住自己的手提包,拖着罹患风湿性关节炎的腿,尽快离开那里。

然后,就在我们的娜拉消失两星期又四天的一个早上,我们坐在早餐桌前,她将茶水倒在我的玻璃杯里,用沉静的语调说:

"今天,我要去探望娜拉。"

马素德抬起头来,他的眼神里满是怀疑与痛苦。

"妈,你又知道什么呢?"

妈妈将手臂伸过餐具,想要拿奶酪。

"我知道,我的小女儿已经离开我们了。我的心知道。"

马素德开始抗议。但她举起手来,示意他安静。

"我们今天到乱葬岗去。"她用坚决、平稳的口气说。

马素德转身面向我,但我无法正视他的目光。他便起身,套上夹克,甩上大门,走了出去。妈妈完全不为所动。她只是静静地坐在那里,挺直背脊,双手放在膝盖上。披巾和女用大衣则挂在椅背上。擦得晶亮生光的鞋子放在墙边,旁边则是手提包。她准备好了。我不理解她是如何办到的。

我对她微笑。我很努力才挤出这个微笑,但我还是做到了。我微笑着说:

"妈,我们就照你想的做。"

我们穿上最好看的衣服,手牵着手走向公交车站。我真想倒在地上,永远不要再动弹,但我握紧妈妈的手。当她望着我的时候,我面露微笑;一路上,我们一直紧握彼此的手。她的另一只手则握着一株石竹花,想必是她前一天买了这朵花,忘记将它插入水里——它垂在她的膝头,一副无精打采的样子。我记得自己当时想:事情不应该变成这样,这是不对的。但我们还能怎么办呢?

乱葬岗很广,我们走了很长一段距离。我感到妈妈跛行着,风湿性关节炎对她构成很大的困扰。但她沉住气,绷紧了身体,继续往前走。当我们身处那块没有标志的行刑场时,她瘫倒在地。我和她的身体一路上仿佛都摇摇欲坠,而现在,我们终于能够瘫倒在地了。

她跪了下来,伏在黄色的沙地上。我跪倒在她的身旁。我听见她的耳语声,我听见她一次又一次亲吻土地的声音。我所能够做的只有用自己的双手掬起沙土,并注视着它重新落回地面。

我看到了自己的妈妈。她就在房间里,手中握着一株石竹花。她已然走到我身旁,她是来向我道别的。我看见她朝我走来,身穿黑色女用大衣,用披巾包住头发。我看见她沉静的脸庞,她牢牢地抓住自己的手提包。她跪倒在我身旁,亲吻着地板。

"妈妈,你是怎么到这里来的?是谁放你进来的?妈妈,你是怎么到这里来的?我以为你已经走了,我以为一切已经结束了。妈妈,我要告诉你一件事情。妈,听我说。"

有人将一只冰冷的手搭在我的额头上,示意我别作声。她柔声地歌唱着。我的视线变得混浊、模糊,妈妈的轮廓开始消逝。

"妈妈,不要离开我。请你留在我的身边,我需要你。我会把一切都做好的!我会把我所带走的都还给你。我保证。"

但是她已经走了,只剩下那些逐渐变成褐色的枯萎的石竹花。

当明暗转换，当我的脑海再度变得清晰的时候，我总会感觉到这一点。它听起来像是咔的一声，就像你第一次打开一罐美乃滋酱的声音，包装被打开的声音。

　　随着咔的一声，我睁开眼睛。偌大的窗户外一片漆黑，风飕飕地刮着。树枝拍击着窗棂，室内的照明很微弱，餐桌上的烛光闪烁着。窗台上摆放着一个将临灯[1]的灯座，角落则摆着一棵装饰完毕的圣诞树，树上的小灯饰已被点亮。古典音乐的曲调从音响里传出，音量很低。我也听见从远处传来的声音。我感觉到烤肉的气味，闻到烤箱里的法式焗菜所散发出的奶油味。片刻间，我还以为自己在幻想。但是这不容置疑，因为那咔的一声，

1　Advent Light，意指西方圣诞节将临期间（通常自圣诞节前的第四个周末起算）所使用的灯。

脑海重新变得清晰。

"雅兰。"

我的声音嘶哑而干枯，我清了清喉咙。

"雅兰！"

那些声音静止下来，但没有人过来。他们仿佛站在原地，留神且专注地凝听，想看看喊声是否会再次响起。他们仿佛以为，这是他们的幻觉。

"雅兰！"我用清晰可辨的声音喊道。这时我听到她放下手边的东西，跑了过来。她跑了过来，停在客厅的入口，望着我所躺的位置。

"嘿，亲爱的。"我说。嘿，亲爱的。

她就站在客厅的入口，双手抵在腰椎上，睁大眼睛望着我；她仿佛在发光。她闪亮的头发被绑成一束高马尾，身后散发出一道光芒，照亮了她的脸。她看起来就像一个天使；这就是我想象中的天使形象。我当时心想：我和小宝宝那么近。我濒临死亡，而她即将出生；我们从各自所属的一端不断接近，很快就会穿越那条细细的生死线。其实，我们就处在同一个位置。这样的想法使我心里感到安稳。这么长的一段时间以来，我第一次觉得自己并不孤单。我不会一个人死去。我们终将相遇，紧紧握住彼此的手，然后轻轻地将彼此推过生死线。

雅兰希望趁我清醒的时候和我说说话，但我则想一个人静静。她心怀疑问，想要得到解答。她想获得只言片语，带给她活下去的力量。而我只想要躺在原地，睁开眼睛望着窗外摇曳的树枝，感到自己也跟着移动，自己也属于生命的一部分。

她在沙发的边缘处坐定，而她说的第一句话是：

"妈妈，你错过圣诞节了。"

我内心一黯。她的评语使我感到生气。谁在乎圣诞节？我都已经要错过之后所有的节日了，谁还会在乎我错过了这一个？

"我们都很想念你。"她说。这就是了，这就是让我生气的关键。她想要与我共同庆祝圣诞节，却是为了她自己的缘故。她想要最后一次与我庆祝圣诞节，在他们庆祝圣诞节的活动中留下我的身影。

"我为你准备了一个圣诞礼物。"

她用坚决的声音说，仿佛想要借此说服自己和我：这样做是对的，送圣诞礼物是正确的举动。用这样的举动来填补我们所剩无多的相处时光，是正确的。

我变得开心。这真是一种诡异的感觉，它源自腹部，一路上升到喉头，朝我的双唇迈进。我知道我的嘴角露出了微笑，但面部的其他区域仍然是僵硬的。我瞟了一眼，视线就凝固不动了。她举起了一个大箱子，我使尽力气，伸出双臂，牢牢地抓住那只箱子，将它贴向我。我能感觉到，她扶着箱子的另一端，她不敢让我的胸口承受所有重量。我感觉，我俩正通过某种方式，牢牢地掌握住这一刻。

"希望你喜欢它。我希望你……有机会使用它。"

她不知道我何时会再度醒来。她不知道我是否会再度醒来。她不知道我脑海中暂时的清醒是否会在宇宙间徜徉，最终消失在海中——一片由记忆和未竟的愿望所构成的海。她不知道这是否就是我在家里的最后一口气。而她也知道，我并不想交谈。我不愿把她所想要的给她，那些能够抚慰人心的言语，能让人生变得完整的爱抚。这些都能带给她力量，在她往后的人生中持续伴着她前行。所以她给了我某个东西，给了我某个我绝对不需要也用不到的东西，而这使我俩比我们自己预期的还要开心，比自己以为的还要高兴。

她拆开包装,打开藏在包装纸里的纸箱子。她动作很快,仿佛在赶时间。我眯着眼睛,但已经看不到了。她说出这是什么,一只昂贵的手提包。我一直都很想要这种手提包,但不觉得它是为了像我这样的人设计的。这是一只昂贵的手提包。它让我觉得自己是有价值的,比自己所想象的还要有价值。

我能看到它的颜色。我看到它是红色的,或者说它的某一个部分是红色的,我不知道。我将它举起,同时握住她的手。

"它跟我的红色长靴很配。"我说,"我可以好好搭配它们。"

她握紧了我的手。

"妈妈,这真是个好主意。"她说,"我们可以一起散步。你提着这只包,穿着你的红色皮靴。"

我抬起头来,看见她。在那一秒钟的时间里,她在我眼里的形象变得无比清晰。她的神情和声音一样坚决。她丝毫不准备有所退让。她打算维持我的生命。她打算尽可能长的维持我的生命。

他们的声音从远处传进我耳里，这干扰了我。他们将我转移到卧房。我躺在他们的床上，而我不知道他们自己要睡在哪里。我听见他们离开房间，锁上门。我听见他们回来，用兴奋的声音交谈着，购物袋摩擦发出沙沙声。我听见他们在客厅里组装有栏杆的小卧床。我听见他们相当克制的笑声，以及轻巧的脚步声。我听见她侧身躺在地毯上，沉重地呼吸着，而他则继续组装。我听见他们编织着梦想，规划着未来，我听见他们对未来的期待。他们在自己的家里、在自己的心中打造出各种空间，他们将白手起家，共建未来，而我只能躺在这里。雅兰有时候进来探视我。我知道她经常进来，但我感觉她只是"偶尔"进来，时不时地，她检查我注射的各种药物，用小刷子沾湿我的双唇，摸摸我的头发。她跨过门槛，在生与死之间穿梭；一边即将成为过去，另一边则是即将到来的新生。

我无法交谈。我无法说出自己的感受，可我百感交集。我觉得，这样是错误的。我觉得她应该要坐在我的床边，握住我的手，向我道别，跟着我一同被迫等待下去——现在这场等待已经成了我的全部。新的小生命总会来临，其他的人、事、物都还在，而我就快要消失了。我觉得这样是错的，她所做的是错的。我希望她当初不要怀孕。这样一来，她就是我的了。这样一来，她就能全神贯注地照顾我、关注我。这样她就能够理解，我是为了自己、为了避免孤独、为了避免自己孤独地躺着，才将她带到这个世界上。凭这一点，她就对我有所亏欠。她有义务保护我，使我免受孤独之苦。你背叛我！当我听见她折叠起小婴儿的衣物，谨慎地将它们放进抽屉里时，我想要放声尖叫。你会为此后悔的。

医疗团队的人每天都过来察看我的情况。他们或许每天来好几次，我不知道。我能从气味判断出他们来了。这对我来说并非难闻的异味，反而像家里的味道，熟悉的味道，是我耗在社区医院、正规医院与安养中心的所有时间，是我披着白色罩袍、接受各种治疗的所有时间。有时候，我看见自己朝自己走来——穿着白色罩袍，绑着发髻，红色的双唇闪闪发亮。我看到自己走上前来，握住我的手，举起一把刷子，仔细、轻柔地梳起我的头发，然后抽出一张板凳，从口袋里掏出一瓶红色的指甲油。我涂着指甲，同时唱起自己所熟悉的一首歌，是我在接待自己的患者时会唱的一首歌。我看见我朝自己走来，我开口唱起歌来。我总是在唱歌。我真希望，自己能够成为自己的护士。我希望，自己能够唱自己的歌曲。我有时候察觉到，这就是她。我在几个短促、犀利的片刻，认出了她。雅兰将我的双手搭在她的膝盖上，涂抹着我的指甲，而且唱着歌。

她总是在唱歌。

那天，我没有听到任何歌声。我感到那股气味朝我扑来，我能感觉到，他们就站在我的身旁，凑过来。他们粗暴地抓住我。我什么话都不能说，我不能要求他们停手。他们将软管插在我的胳膊上，往我的鼻孔里打氧气。他们今天派来的人比平常要多；我听得出他们身体之间的空间密度，并借此判断出这一点。他们经常互相碰撞，迅速地移动着。突然，他们所有人消失不见了，这时候，我才弄明白了。到了这时，我才感觉到自己的呼吸，才明白自己的呼吸变得越来越微弱。本来应该被呼出的气体碰撞着我的肺壁，找不到出口。它咯咯作响，在我体内低声嘶吼，我感觉自己被困住了。我仿佛陷进自己的身体里，无法脱身。

他们回到房里，将我抬到担架上。我努力想要转头，找寻雅兰的身影。但我感觉到她并不在房间里,她并没有站在门外,情况不太对劲。他们人数如此众多,遮蔽了我的视线。我想挥动手臂,将他们全推到一边去,但我根本无力掌控局面。我无法举起胳膊,我也无法充分睁开眼睛,让他们当中的某人察觉到:我还活着。他们将我推出公寓,直入大厅,而我在大厅里听见了她的声音。她呻吟着,她的呼吸声沉重而有规律。当我们通过她身旁时,他们稍微停留片刻。她坐了下来,双手掩住腹部。我只能看到这些画面。她凑过身来,想要抓住我的手。她轻柔而坚决地握住我的手,这让我感到生命就在我俩之间搏动着。

"我们来了,妈妈。我们来了。"

她的声音听起来十分费劲。我想听她多说一点,想了解到底怎么回事。但她趋身向前,压下一声轻叫,这一刻转瞬即逝。他们将我推进冰冷的楼梯间,我闭上了双眼。

我们来了。这几个字在我的脑海里旋转着,在我体内转动着,就像一个人将水灌进嘴里时发出的咕嘟声。它转了又转,到处不停地转。我们来了。

她们就坐在我的床边。是妈妈。我们抵达乱葬岗的那天，她身穿一件黑色洋装，如今她正穿着同一件洋装。她的双手贴在膝盖上，身子轻轻地摇晃着；当我那天回到家，她意识到娜拉失踪的时候，她也是这样摇晃着身体。玛丽安则探头过来，她修长的睫毛在她的脸庞上投下长长的阴影。她的耳后夹着一支笔，她的红发垂落在肩头。她很美丽，真是美丽。我知道她的脸颊上曾挨过巴掌，那里留下一道手印形状的瘀伤，而这正是她垂着头的原因。而在她们后面，娜拉就站在她们后面——绑着两条辫子，戴着贝雷帽。她戴着镜片颇大的眼镜，嘴角露出兴奋的微笑。十四岁，期待冒险的年龄。在她们当中，只有她直视我。她的目光和我的交会，这胜过千言万语，都是我在那一天后朝思暮想着要告诉她的千言万语。

我闻到那股气味,也知道我又进了医院。那些人的身躯移动着。他们按住我,将新的管子固定在我身上。我听见针筒注射的声音,我知道那是什么。我知道他们将吗啡注入我的体内。他们想要消除我的疼痛感,他们希望让我平静下来,让我失去感知能力,就此沉沉睡去。我试图拉扯某个人的袖口,试图恳求他们,再多给我一点时间。我只想要多一点点时间。我企图尖叫。我没准备好,还没准备好!但他们的双眼看不到我的动作,我喊叫着,却发不出声音来。我感觉自己正在失去控制,失去感知的能力。我飞上了天。这是一种很舒服的感觉,我很久没有感觉这么舒服了。你仿佛躺在海滩上,晴日当空,微风轻轻抚摸着你,而你则陷入昏睡。就是这种介于清醒与睡眠之间的状态。

　　这时我听见了。那个声音,听起来很遥远,无论是在时间上或空间上,都遥不可及——婴儿的哭叫声。我想要挪动自己的身体,但我的身体仿佛正陷入一洼泥潭里。我想要说:妈妈在这里,妈妈会守着你,妈妈永远不会离开你。就是那些你会对哭泣的孩子所说的话,妈妈永不会离开你。

　　我再度听见了那个声音。那是一道哭声,它牢牢攫住我越来越麻痹、不听使唤的身体。现在,它听起来很接近了,听起来,它仿佛正在靠近我。又传来一道哭声,然后,雅兰朝我走来。她身披白色袍子,头发绑成发髻,双唇红艳,孩子就依偎在她的怀里。在那一瞬间,我仿佛看见了自己;然后,这影像变成妈妈怀里抱着刚刚出生的娜拉，朝我走过来。不过随着咔一声，一切再度变得明朗起来。

她将椅子尽可能地拉到床边。

"妈妈，"她说，"妈妈，我在这里。我会守着你的。"

雅兰举起我的双臂——我早已无法自行控制自己的动作了。她将我的手臂交叉在胸口。然后，她说出了那些话，我长期以来朝思暮想的那些话，在我以为自己已经不再期待、放弃一切希望以后，仍然朝思暮想的那些话。

"现在她就在这里，娜拉就在这里。妈妈，你撑过来了。"

她将孩子放在我的胸口。就是这样，她在这里。就是这样，她已经回来了。属于生命的气味扑向我，那是属于稚嫩肌肤的柔软气味，它标志新的开始。

我努力想要扭动脖子，想将她看清楚。雅兰托住我的头部，帮助我，让我能够看得清楚些。小婴儿睁开双眼。小宝宝，娜拉，我的小娜拉。

她的双眼湛蓝，像海洋，像湖泊，是湛蓝的；像斯德哥尔摩外海群岛区，像我们曾来来回回多次经过的桥梁上方的天空一样，是湛蓝的。如此美好。我的胸口接触她的身躯，她贴在我的心上。我心想：我的心跳正在注入她的体内，它们为她带来了力量。

"真是可爱的孩子。小宝贝，我是你的姥姥。我是你的姥姥。"我不知道自己是否真的高声说出了这些话，但我看到，她正在聆听，"是我将你带来这里的，是我们。"

她们的身影与轮廓变得模糊，很快，她们就消失了。光线暗淡下来。我感到自己沉重的身躯瘫在床板上，孩子的重量仍贴在我的胸口上。我感到雅兰用自己的双手紧握住我的手。我感觉到了，感觉到来自她们身体的压力，而我即将离开她们。雅兰唱着歌。黑暗接纳了我，而她的歌声随着我一起进入黑暗。她唱我的歌给我听，我在内心深处露出了微笑。她们将会传唱我们的歌，我们的歌将永不死灭。

马上扫二维码，关注 **"熊猫君"**

和千万读者一起成长吧！

图书在版编目（CIP）数据

一个心碎的伊朗女人／(瑞典)龚娜姿·哈宣沙达·邦德著；郭腾坚译. —— 上海：上海文艺出版社, 2020.5
(读客外国小说文库)
ISBN 978-7-5321-7593-2

Ⅰ.①一… Ⅱ.①龚…②郭… Ⅲ.①长篇小说-瑞典-现代 Ⅳ.①I532.45

中国版本图书馆 CIP 数据核字（2020）第 050524 号

WHAT WE OWE by Golnaz Hashemzadeh Bonde
Copyright © Golnaz Hashemzadeh Bonde 2017
Published by arrangement with Ahlander Agency,
through The Grayhawk Agency Ltd.
Simplified Chinese translation copyright © 2020 by Dook Media Group Limited.
All RIGHTS RESERVED.

中文版权 © 2020 读客文化股份有限公司
经授权，读客文化股份有限公司拥有本书的中文（简体）版权
著作权合同登记号 图字：09-2020-073

责任编辑：毛静彦
特邀编辑：张敏倩　孟　南
封面设计：陈艳丽

一个心碎的伊朗女人

［瑞典］龚娜姿·哈宣沙达·邦德 著
郭腾坚 译
上海文艺出版社 出版、发行
地址：上海绍兴路7号
电子信箱：cslcm@publicl.sta.net.cn
网址：www.slcm.com
新华书店 经销　三河市龙大印装有限公司印刷
开本 890毫米×1270毫米　1/32　7.5印张　字数 134千字
2020年5月第1版　2020年5月第1次印刷
ISBN 978-7-5321-7593-2/I.6040
定价：39.00元

如有印刷、装订质量问题，
请致电010-87681002（免费更换，邮寄到付）